新装版

必殺闇同心 娘供養

黒崎裕一郎

祥伝社文庫

目次

南本所番場町
万蔵宅
浅草寺
吾妻橋
不忍池
柳橋
船宿「卯月」
米沢町三丁目
易観相「白雲堂」
尾上町
料理屋「みさと」
本所入江町
お園・おひろ宅
弥兵衛店
日本橋本銀町
村井宗庵宅
神田川
昌平橋
両国橋
新シ橋
地蔵橋
竪川
一ッ目橋
浜町堀
深川堀川町
寺沢弥五左衛門
(寺門静軒)宅
深川冬木町
贓物屋「琥珀屋」
大川
水野越前守
役屋敷
鍛冶橋
比丘尼橋
八丁堀
稲荷橋
永代橋
深川佐賀町
南町奉行所
京橋
弾正橋
本漆町
廻船問屋「高田屋」
天応院
数寄屋橋
深川蛤町
妓楼「三浦屋」

「必殺闇同心 娘供養」の舞台

地図作成／三潮社

第一章　身投げ

1

天保《てんぽう》十四年（一八四三）旧暦六月晦日《みそか》。

例年になく暑い夏だった。

夕暮れになると、大川《おおかわ》の川面はおびただしい涼《すず》み船《ぶね》の明かりで埋めつくされる。

大名《だいみよう》旗本《はたもと》が仕立てた屋形船や、三味太鼓《しやみたいこ》の鳴り物入りで賑々《にぎにぎ》しく漕《こ》ぎだす豪商分限者《ぶげんしや》の屋根船、しんねこの男女を乗せた流し舟もあれば、そうした涼み船に酒や弁当、瓜《うり》、西瓜《すいか》などを売り廻《まわ》る小舟もあり、さながら水上の祭りのごとき賑やかな景観を呈《てい》している。

大川の船遊びの歴史は古く、道興准后《どうこうじゅごう》（僧侶）の『廻国雑記《かいこくざつき》』にも文明《ぶんめい》十八年（一四八六）隅田川《すみだ》に遊んだという記事がある。

しかし、本格的に行われだしたのは慶長《けいちょう》年間（一五九六〜一六一五）以降のことで、江戸の発展とともに諸大名が船に屋根をかけて遊女をはべらし、酒を酌《く》み交《か》わしながら涼《りょう》をとったのがはじまりだという。

やがて町人の勃興《ぼっこう》期を迎えると、江戸の富裕層が船遊びに豪奢《ごうしゃ》を競《きそ》うようになり、延宝《えんぽう》のころ（一六七三〜八一）には最盛期を迎えるようになった。

江戸前期の歌人・戸田茂睡《とだもすい》は、『紫《むらさき》の一本《ひともと》』という地誌に当時の船遊びの華やかな光景を次のように記している。

「暮れ時分になると、隅田川、牛島《うしじま》、金龍山《きんりゅうざん》、駒形《こまかた》、爰《ここ》かしこの下やしき、町や町やの茶屋やしきにかけたる船ども、水のおもての見えぬまでに漕《こぎ》出せば、両《りょう》国《ごく》ばしの上御蔵前《かみおくらまえ》のあたりより下は三股《みつまた》を限り、深川《ふかがわ》口、新川《しんかわ》口を真中にて、かけならべたる船共は、幾《いく》千万といふ数しらず」

「幾千万」は大げさにしても、両国橋のあたりから下流の深川口まで「水のおもての見えぬ」ほどの涼み船が大川を埋めつくした光景は、さぞ壮観であっただろう。

老中水野越前守忠邦《みずのえちぜんのかみただくに》の「天保の改革」による奢侈《しやし》禁止令下、最盛期の華やかさこそやや影をひそめたものの、大川の船遊びは江戸の夏の風物詩として、いまも変わらぬ賑わいを見せている。

そんな賑わいを尻目《しりめ》に、舟提灯《ふなちようちん》の明かりを消して、櫓音《ろおと》も立てずにゆっくりと川面《かわも》を滑《すべ》ってゆく一艘《そう》の猪牙舟《ちよきぶね》があった。

艫《とも》で水棹《みさお》を操《く》っているのは、濃紺の筒袖《つつそで》にぴちっとした鈍色《にびいろ》の股引《ももひ》き、黒布で頬《ほお》かぶりをした年若い船頭で、名は半次郎《はんじろう》という。

胴《どう》の間《ま》では、黒の絽羽織《ろばおり》に茶縞《ちやじま》の着流し、髷《まげ》を小銀杏《こいちよう》に結った三十がらみの武士が、のんびりと煙管《きせる》をくゆらせている。やや面長《おもなが》、髭《ひげ》の剃《そ》りあとが青く、鷹《たか》のように鋭い目つきをしたこの武士は、南町《みなみまち》奉行所の同心《どうしん》・仙波直次郎《せんばなおじろう》であった。

二人を乗せた猪牙舟のすぐ近くを一艘の屋根船が通り過ぎていった。

屋根の下の青すだれに男女の影が映っている。

どこぞの商家の旦那《だんな》が芸者をはべらして酒を呑んでいるのだろう。

男の口三味線に合わせて、女が小唄を歌っている。脂粉《しふん》の甘い香りを残して通り過ぎてゆくその屋根船を、直次郎はいまいましげに見送りながら、

〽吹けよ川風　上がれよすだれ
　中の小唄の顔みたや
当てつけがましく口ずさんで、煙管の火をポンと灰吹《はいふ》きに落とした。

半次郎は終始無言である。黒布の頬かぶりの下で、目だけをギラギラと光らせながら黙々と水棹を操っている。やがて前方に新大橋《しんおおはし》の巨影が浮かび立った。

「おい、半の字」

直次郎が振り返った。

「へい」

と半次郎が低く応《こた》える。

「獲物《えもの》はまだか？」

「もう、そろそろで──」

いいながら、半次郎はたくみに水棹を操り、涼み船と涼み船のあいだを水すましのように舟を押してゆき、新大橋から一丁（約百九メートル）ほど手前で舟を止めると、

「あの船です」

前方を指さした。そこには先刻の屋根船より一回り大きな屋根船が浮かんでい

た。

　左右のすだれが上げられ、船の中は丸見えである。

　明々《あかあか》と灯《とも》された船行燈《ふなあんどん》の明かりの中に、厚化粧の女を三人はべらせ、酒杯をかたむけている男の姿があった。てらてらと脂《あぶら》ぎった赤ら顔にでっぷり肥《ふと》った体《たい》軀《く》。見るからに野卑《やひ》な感じの四十年配の男である。

　三人の女は深川の茶屋女だろうか、これも見るからに品のない蓮《はす》っ葉《ぱ》な女たちで、あたりかまわず甲《かん》高い嬌声《きようせい》を発しながらはしゃいでいる。

「野郎が簓《ささら》の庄兵衛《しようべえ》か」

　闇《やみ》に鋭い目を据《す》えながら、直次郎は独語するように低くつぶやいた。

「へい」

　とうなずいて、半次郎は櫓を漕ぐ手を止めた。

　猪牙舟は流れにまかせて、ゆっくり屋根船に接近してゆく。

　簓の庄兵衛は浅草奥山《あさくさおくやま》の香具師《やし》の元締めで、裏では金貸しをしている。それも法で定められた金利の百倍以上の金利で金を貸し付けるという悪徳高利貸しである。

庄兵衛の取り立ては悪辣非道《あくらつひどう》をきわめた。

わずか二両の金で店を乗っ取られた小商人《こあきんど》もいれば、雪だるま式に増えた借金の返済に窮《きゆう》してみずから命を絶った者、中には家財道具や鍋釜《なべかま》、米櫃《こめびつ》にいたるまで身ぐるみ剝《は》がされ、日々の糧《かて》を失って餓《が》死《し》した病人もいるという。

そうした庄兵衛の無法が堂々とまかり通っているのは、一つには庄兵衛に鼻《はな》薬《ぐすり》を嗅《か》がされた町方《まちかた》役人が見て見ぬふりをしているからであり、また一つには被害にあった者たちが庄兵衛の仕返しを恐れて泣き寝入りしているためである。

半次郎の調べによると、思いあまって町奉行所に訴人《そにん》しようとした者が、庄兵衛の手下にひそかに抹殺《まっさつ》されたという噂《うわさ》も流れている。

要するに、庄兵衛という男は、

「生かしておいては世の中のためにならぬ奴」

であり、庄兵衛を闇に屠《ほふ》ることによって、多くの人々の命が救えれば、まさに、

「一殺多生《いっせつたしょう》」

の裏稼業の大義にも適《かな》うのだ。

五日前に半次郎からこの〝仕事〟の依頼があったとき、仙波直次郎は一瞬の遅《ち》

疑《ぎ》もなく引き受けた。

獲物は香具師の元締め一人である。直次郎の腕をもってすれば、そう手間のかかる相手ではない。これを仕留めれば大枚《たいまい》三両の金が入るのだから、久しぶりに、

（おいしい仕事だ）

と内心北叟笑《ほくそえ》んでいた。だが、いざ仕事に取りかかる段になって、篩の庄兵衛が思いのほか厄介《やっかい》な相手であることが、その後の半次郎の調べでわかったのである。

庄兵衛にはつけ入る隙《すき》がまったくないのだ。

浅草阿部川《あべかわ》町の自宅には、寄子《よりこ》と称する屈強《くっきょう》の子分を七、八人住まわせているし、外出時にはかならず駕籠《かご》を使い、しかもそのまわりを三、四人の子分に護衛させるという用心深さである。

篩の庄兵衛がそれほどまでにおのれの身辺に気を配るのは、それなりの理由《わけ》があった。七カ月ほど前に浅草奥山の縄張りをめぐって、深川の香具師の元締め・羽生《はにゅう》の五郎蔵《ごろぞう》と血で血を洗う抗争を繰り広げたからである。

抗争といっても、将軍家お膝元《ひざもと》の江戸市中で、おおっぴらに切った張ったの喧《けん》

嘩をするわけにはゆかず、町奉行所の目の届かぬところで、互いがひそかに殺し合うという、

「暗闘」

が半年もつづいたのである。

そんなある日、羽生の五郎蔵が深川黒江町《くろえ》の妾宅《しょうたく》の寝間で、妾《めかけ》もろともに殺されるという事件が起きた。

むろん下手人《げしゅにん》は庄兵衛の手下だったが、町方役人のずさんな捜査で物盗《ものと》りの犯行と断定され、半年間つづいた抗争は、これによってあっけなく終息をみた。

こうして江戸有数の盛り場・浅草奥山の縄張りを手中にした庄兵衛だったが、それ以来五郎蔵一家の残党の報復を恐れて、異常なほど用心深くなったという。

半次郎の報告を受けた直次郎は、さすがに渋い顔になって、

「四六時中、子分が張りついていたんじゃ、手も足も出せねえ。すまねえが半の字、この仕事、降ろさせてもらうぜ」

と前金の三両を突き返そうとしたが、半次郎は冷ややかにそれを押し返し、

「もうしばらく待っておくんなさい。引きつづき探りを入れてみやす」

それから三日後の今朝、南町奉行所に出仕する途中の直次郎の前に、半次郎が

耳よりな情報を持って現れたのである。

「今夜六ツ半（午後七時）、簓の庄兵衛が茶屋女を連れて船遊びをするそうで」

「護衛の子分はついていねえのか」

「へえ。船に乗るのは三人の女と船頭だけだそうです」

「そうか」

直次郎は思案顔《しあんがお》でぞろりとあごを撫《な》でた。

この機を逃したら、おそらく二度と庄兵衛を仕留める機会は訪れないだろう。

三人の女と船頭だけなら、当て身を食らわせて眠らせることもできる。

「よし」

と直次郎は決意した。

「水先案内《みずさき》はおめえがやってくれ」

「へい」

その夜、二人は日本橋小網町《にほんばしこあみ》の船着場から猪牙舟に乗って大川に漕ぎだした。

月も星もない暗夜だった。大川の川面に浮かぶ無数の涼み船の明かりが、まるで星をちりばめたようにキラキラと耀映《ようえい》している。

仙波直次郎は、猪牙舟の胴の間にどかりと腰を据えて、庄兵衛と三人の茶屋女を乗せた屋根船の明かりを凝視していた。

双方の距離は半丁（約五十四・五メートル）ほどに縮《ちぢ》まっている。

屋根船の中の様子が手に取るように見える。半次郎の猪牙舟は舟提灯の明かりを消して闇の中に溶け込んでいるので、向こうからは見えないはずだ。

「もう少し近づけてくれ」

直次郎が低く下知《げじ》した。

「へい」

とうなずいて、半次郎が櫓に手をかけたとき、どこからともなく一艘の猪牙舟が現れ、音もなく庄兵衛の屋根船に滑り寄ってきた。

「待て」

直次郎に制されて、半次郎はあわてて舟を止めた。

猪牙舟には、船頭一人と庄兵衛の子分らしき男が二人乗っている。

（なんだ？ あの舟は）

直次郎が固唾《かたず》を呑んで見守っていると、接近してきた猪牙舟に気づいた屋根船の船頭が新大橋の下に船を寄せて、橋杭《はしぐい》に艫綱《ともづな》を巻き付けて船をもやい、二人の茶屋女を猪牙舟に乗り換えさせはじめた。

もとの船に残ったのは、遠目にも年若く見え、派手な面立ちをした茶屋女と艀の庄兵衛だけである。屋根船の船頭が両側のすだれを下ろして猪牙舟に乗り移ると、

「のちほどお迎えに上がりやすので、ごゆるりと」

子分の一人が庄兵衛に低く声をかけ、猪牙舟はゆっくりその場を離れていった。と同時に屋根船の船行燈の明かりがフッと消えて、すだれに映っていた庄兵衛と女の影が闇に吸い込まれていった。

「なるほど」

直次郎は合点《がてん》がいったようにうなずいた。

「あの若い茶屋女と船ん中でしっぽり濡れようって算段か」

「そのようで」

「おあつらえ向きだな」

「へえ」

「舟をもう少し近づけてくれ」

「へい」

半次郎は静かに櫓を漕ぎはじめた。

ひたひたと水音を立てて、猪牙舟が屋根船に接近する。

半次郎が櫓を漕ぐ手を止めた。

猪牙舟は屋根船の左舷に接するほどに近づいている。

すだれを下ろした屋根船の中から、かすかな女の声が聞こえてきた。

「あ、ああ、旦那……」

絶え入るような喜悦《きえつ》の声である。荒い息づかいとともに、庄兵衛の声も聞こえた。

「どうだ？　どんな案配《あんばい》だ？」

「いい、いい。……あ、そこ、そこ」

女のあえぎ声が一段と高まる。

すだれの奥の闇の中で、激しくからみ合う庄兵衛と女の影が、おぼろげに見えた。

ぎしぎしときしみ音を立てて、船が揺れている。

直次郎は苦笑いを浮かべながら、ふところから黒布を取り出して面をおおい、刀の柄頭《つかがしら》に手をかけた。と、そのとき、

「ちょ、ちょっと待ってくれ」

うめくような庄兵衛の声がして、屋根船のすだれが揺れた。

直次郎と半次郎は反射的に背をかがめ、船べりの陰に身をひそめた。

息を殺して見守っていると、すだれの下から全裸の庄兵衛がのっそりと這《は》い出てきて、こちらに背を向けて艫の右舷に立った。ぶよぶよとした肉の塊《かたまり》のような醜悪《しゅうあく》な体つきである。その分厚《ぶあつ》い背中から滝のような汗が流れ出ている。

と、ふいに――

ジョボジョボと水音が立った。

なんと庄兵衛が船の上から尿《いばり》を放ちはじめたではないか。

（いまだ）

立ち上がるやいなや、直次郎はひらりと身を躍《おど》らせて屋根船に跳《と》び移った。猫のようにしなやかで敏捷《びんしょう》な動きである。

同時に腰の大刀を抜き放ち、庄兵衛の分厚い背中に切っ先を突き立てた。

ぐさっと肉をつらぬく鈍い音がした。切っ先が左の胸元に飛び出している。

声も叫びもなかった。ほとんど即死である。

突き刺した刀に庄兵衛の全体重がかかっている。それを渾身《こんしん》の力で支えながら、直次郎はゆっくり艫の船底に下ろした。

ことりとも音を立てず、庄兵衛の体が横転《おうてん》した。素早く刀を引き抜いて、ふたたび猪牙舟に跳び乗った。その間、わずか寸秒、電光石火《でんこうせっか》の早業《はやわざ》である。

「旦那、気分でも悪くなったんですか」

すだれの間から、女がけげんそうに顔をのぞかせたときには、もう直次郎と半次郎を乗せた猪牙舟は闇の深みに消えていた。

「きゃーッ」

新大橋の下流へ一丁（約百九メートル）ほどいったところで、二人は女の悲鳴を聞いた。

2

「佐賀《さが》町の船着場で下ろしてくれ」

黒布の覆面を解《と》きながら、仙波直次郎がいった。

「寄り道ですかい」

「まだ宵《よい》の口だ。清めの酒でも引っかけていこうかと思ってな」

「わかりやした」

うなずいて、半次郎は左に舵《かじ》を取った。

大川東岸の町明かりがぐんぐん迫ってくる。

ほどなく左前方に桟橋《さんばし》が見えた。深川佐賀町の船着場の桟橋である。

ごつんと軽い衝撃音がして、舟が桟橋に着いた。

「じゃあな」

と手を振って、直次郎は桟橋に下り立ち、足早に船着場の石段を上っていった。

細い路地を抜けて、佐賀町の盛り場に出た。

飲み食いを商《あきな》う小店が軒をつらね、まばゆいばかりの明かりが溢《あふ》れている。

風もなく、蒸《む》し暑い夜である。

どの店も窓や戸を盛大に開け放ち、店先に並べられた縁台や床几《しょうぎ》では、胸元をはだけた酔客たちがせわしなげに団扇《うちわ》を使いながら酒を呑んでいる。

直次郎は、とある煮売《にうり》屋の前で足を止めた。職人ていの二人の男が、店先の床几に片胡座《かたあぐら》をかいて、声高にしゃべりながら酒を酌《く》み交《か》わしている。

「いらっしゃいまし」

応対に出てきた店の女房らしき中年女に冷《ひ》や酒二本と烏賊《いか》の塩辛《しおから》を注文する

と、直次郎は床几の右隅に腰を下ろし、ひっきりなしに行き交う人影をぼんやりながめながら、運ばれてきた酒を手酌《てじやく》でやりはじめた。

最近、〝仕事〟を終えたあと、無性《むしよう》に酒が呑みたくなる。

たとえ相手がどんな極悪人でも、おのれの手を他人の血で汚すというのは、決していい気分ではない。やはり心のどこかに払《ぬぐ》いきれぬ罪障《ざいしよう》があるからだろう。

直次郎のいう「清めの酒」とは、そんな暗鬱《あんうつ》たる気分をまぎらわすための酒であり、死者への供養《くよう》の酒でもあった。

四半刻（約三十分）ほどたったときである。

「おう、治助《じすけ》」

となりで酒を酌み交わしていた職人ていの男の一人が、通りすがりの男に声をかけた。

四十年配の半白頭《はんぱくあたま》の、これも一見して職人とわかる粗末《そまつ》な身なりの男である。

「よう、おめえたち、ここにいたのか」

「よかったら、一緒にやらねえかい」

もう一人の髭面《ひげづら》の男が手招きすると、治助と呼ばれた半白頭の男は二人のかたわらに腰を下ろし、ふーと大きく吐息をつきながら、

「えらい騒ぎだったぜ」

とつぶやくようにいった。

「何かあったのか」

「新大橋の下で人殺しがあったのよ」

「ええっ」

二人の男は思わず瞠目《どうもく》した。

「鄭の庄兵衛が屋根船の中で何者かに殺されたそうだ」

「船ん中で？」

「深川の茶屋女とお楽しみ中にやられたらしい。素っ裸で背中から一突きにされたそうだが、妙なことに――」

猪口《ちょこ》の酒をあおりながら、半白頭の男は首をかしげた。

「敵娼《あいかた》は庄兵衛がやられたことにまったく気づかなかったそうだ。よっぽど殺しに手慣れた野郎の仕業に違いねえ」

「つまり、玄人《くろうと》の仕業ってわけか」

「おそらくな」

「そういや」

髭面の男が、ふと声をひそめて、

「江戸には金ずくで人の命をやりとりする『闇の殺し人』がいるって噂を聞いたことがあるが――」

「おれも聞いたことがある。ひょっとしたら庄兵衛をやったのはそいつかもしれねえ」

「人の怨《うら》みをごまんと背負《しょ》ってた男だからなあ、簓の庄兵衛は」

「殺されても仕方がねえ男よ」

「これで世の中、少しは住みやすくなるだろうぜ」

「まさに『闇の殺し人』さまさまってわけだ」

その「闇の殺し人」がすぐとなりにいるとも知らずに、三人の男たちは、さも小気味《こぎみ》よさそうにげらげらと笑っている。

それを尻目に、直次郎は床几に酒代を置いてのっそりと腰を上げた。

盛り場の路地を抜けて、永代《えいたい》橋東詰の広場に出た。

人影はまばらで、四辺はひっそりと闇に領されている。

左手の闇の奥にぽつんと見えるのは、御船手《おふなて》組屋敷の高張提灯《たかはり》の明かりであろう。

かすかに夜風が吹きはじめた。潮の香《か》をふくんだ生暖かい風である。

直次郎は左手をふところに突っ込み、ほろ酔い気分で永代橋を渡りはじめた。

橋の中ほどまできたところで、直次郎はふと足を止め、

（ん？）

けげんそうに闇に目を凝らした。

橋の欄干《らんかん》にもたれ、放心したように暗い川面を見下ろしている女の姿があった。

歳《とし》のころは十七、八。色白でほっそりした体つきの娘である。

「娘さん」

歩み寄って声をかけると、娘はびっくりしたように振り向いた。まだあどけなさを残した顔である。その姿が異様だった。髪が乱れ、着物の帯はゆるみ、まるで寝起きのようにだらしなく襟元《えりもと》がはだけている。

「どうかしたのかい？」

「………」

娘は無言のまま、怯《おび》えるような目で見返った。

「心配するな。怪《あや》しい者じゃねえ。見たとおりの八丁堀《はっちょうぼり》だ」

「来ないで！　近寄らないで！」

金切《かなき》り声を張り上げて、娘は後ずさった。その激しい剣幕《けんまく》に、直次郎は一瞬たじろいだが、すぐに思い直して、

「こんな時分に夕涼みでもねえだろう。よかったら、わけを話してくれねえかい」

「話すことなんか何もありません！　ほっといてください！」

「若い娘が一人でこんなところにいたら物騒《ぶっそう》だぜ」

「余計なお節介《せっかい》です！」

突っぱねるようにそういうと、娘はくるっと身をひるがえして走り出した。

「お、おい！」

あわてて追おうとした瞬間、直次郎の目に信じられぬ光景が飛び込んできた。

娘がいきなり欄干を乗り越えて、大川に身を投じたのである。

「バ、バカな！」

橋の下でざぶんと水音が立った。

直次郎はとっさに欄干から身を乗り出して川を見下ろした。

暗い川面に波紋が広がり、無数の水泡《みなわ》が立っている。

目を皿のようにして娘の姿を探したが、見当たらなかった。

永代橋は、上げ潮のときでも大型の船が往来できるように、一丈余（約三メートル）の高さがあり、大川四橋（吾妻《あづま》橋・両国橋・新大橋・永代橋）の中で、もっとも高い橋といわれている。

欄干の高さ三尺五寸（約一メートル）を加えると、娘はおよそ四メートルの高さから飛び込んだことになる。着水時の衝撃は相当なものだったに違いない。その衝撃で気を失い、川底に沈んでしまったとすれば、まず助かる見込みはないだろう。

しばらく川面を見つめていたが、娘が浮き上がってくる気配はなかった。

直次郎は絶望的な面持《おもも》ちで欄干から離れた。

「なんてこった」

橋を渡りながら、直次郎は暗然《あんぜん》とつぶやいた。

あの娘は、最初から死ぬつもりだったのだろうか。

橋の欄干にもたれ、放心したように川面を見下ろしていた娘の様子から察すると、決心がつきかねてためらっていたようにも思える。そこへ突然直次郎が現れたために、娘は発作的に飛び込んでしまったのではないか。

だとすれば、結果的にだが……、直次郎が娘の背中を押してしまったことになる。

あのまま無視して通り過ぎていれば、あるいは娘は思いとどまったかもしれない。

「余計なお節介です！」

と叫んだときの、娘の悲壮な表情が脳裏に焼きついている。

（確かに、余計なお節介だったかもしれねえ）

心の中で苦々しくつぶやきながら、直次郎は後悔のほぞを噛《か》んだ。

酔いはすっかり醒《さ》めていた。

3

月が変わって七月（新暦八月）。

朝から灼《や》けつくような強い陽差《ひざ》しが照りつけている。

仙波直次郎は、定刻の五ツ（午前八時）に数寄屋橋《すきやばし》の南町奉行所に出仕した。

江戸の南北町奉行所は、一カ月ごとに交代で公事《くじ》訴訟や行政事務を担当する。

これを月番《つきばん》といった。今月は北町奉行所の月番である。

非番の南町奉行所は表門を閉じて、くぐり戸だけを開けている。直次郎はそのくぐり戸から中に入り、表玄関から中廊下を通って用部屋に向かった。

非番のせいか、役所の中は常になくひっそりと静まり返っている。

直次郎がつとめる「両御組姓名掛《りょうおくみせいめいがかり》」の用部屋は、表庁舎の北側の一番奥まったところにあった。六畳ほどの薄暗い板敷きの部屋である。

「両御組姓名掛」とは、南北両町奉行所の与力・同心の昇進、配転、退隠《たいいん》、死亡などを名簿に書き加えたり削除したりする職員録の掛かりである。

定員は一名。直次郎がたった一人でこれをつとめている。

勤務時間は朝五ツから暮七ツ（午後四時）までの四刻（八時間）、上役もいなければ部下もいない気楽な役職である。

部屋に入ると、直次郎はまず西側の窓を開けて風を入れ、はたきで書棚の埃《ほこり》を払った。それから分厚い姓名帳を取り出して文机《ふづくえ》の前に座り、丹念に頁《ページ》を繰って汚れや虫食いを点検しはじめた。やることといえば、それだけである。

いつしか、壁にもたれて、とろとろとまどろみ出した。

（居眠りも仕事のうち）

と直次郎は開き直っている。退屈をまぎらわすには、これが一番だし、誰に咎《とが》められるわけでもないので、心おきなく惰眠《だみん》をむさぼることができるのだ。

高いびきをかきながら、直次郎は夢を見ていた。

奇妙な夢である。

人気《ひとけ》のない真っ暗闇の路地を、直次郎はあてもなくさまよっていた。

網の目のように入り組んだ路地の両側には、高い土塀《どべい》がつらなっている。

周囲に家並みはなく、視界に映るのは延々とつらなる土塀と無間《むげん》の闇だけである。

その場所がどこなのか、さっぱりわからなかった。

町中《まちなか》のようでもあり、どこかの寺の広大な境内《けいだい》のようでもあった。

行けども行けども、深い闇がつづいている。まさに出口なき闇の迷宮である。

いい知れぬ不安と焦燥《しょうそう》を覚えながら、直次郎はひたすら歩きつづけた。

全身から汗が噴《ふ》き出している。疲労は極限に達していた。

しばらくして、前方の闇に芥子粒《けしつぶ》のような小さな明かりが見えた。

直次郎はその明かりに向かって走った。

土塀の角を曲がった瞬間、直次郎はたたらを踏んで立ち止まった。その目に飛び込んできたのは、提灯を下げて、ひたひたと歩いてゆく若い女のうしろ姿だった。

「おい、娘さん！」

呼び止めようとしたが、声が出なかった。口がパクパク動いているだけである。

「待ってくれ」

声にならぬ叫びを上げて、直次郎は必死に女のあとを追った。

女は振り向きもせずに、同じ歩調でひたひたと歩いて行く。

奇妙なことに、追っても追ってもその距離は一向に縮まらなかった。

（そうか）

直次郎は、はたとそのことに気づいた。

（この女は狐《きつね》の化生《けしよう》に違いねえ）

そう思ったとたん、急に足が軽くなり、女との距離が一気に縮まった。

「おい、女狐《めぎつね》め！　待ちやがれ！」

今度は自分でも驚くほどの大声が、闇を引き裂かんばかりにひびき渡った。

女の足が止まった。そしてくるっと振り向くなり、

「来ないで！　近寄らないで！」

物凄《ものすご》い剣幕で金切り声を発した。その瞬間、直次郎の総身《そうみ》の毛が逆立《さかだ》った。

女は、昨夜永代橋から身投げした、あの娘だった。

「お、おめえは！」

驚愕《きようがく》のあまり、直次郎はどすんと尻餅《しりもち》をついた。

その音で目が覚めた。

文机の上に置かれた分厚い姓名帳が板敷きの上に落ちている。

（夢か）

直次郎の口から大きな吐息が洩れた。額《ひたい》にべっとりと脂汗《あぶらあせ》が浮かんでいる。

（それにしても、なぜ、あんな夢を……）

額の汗を手の甲で拭いながら、直次郎は窓の外にうつろな目をやった。

裏庭の百日紅《さるすべり》の木に真紅の花が咲き乱れている。

（おれのせいじゃねえ。あの娘は勝手に死んだんだ）

そうは思いつつも、ひょっとしたら助けることができたかもしれぬ娘を、むざむざ見殺しにしてしまった悔恨《かいこん》と自責の念が、直次郎の胸底にこびりついていた。

と、そのとき……。

日本橋石町《こく》の時の鐘が鳴りはじめた。四ツ（午前十時）を告げる鐘である。

直次郎はふと我《われ》にかえり、板敷きに落ちている姓名帳を拾い上げて書棚にもどすと、遣戸《やりど》を引き開けて中廊下に出た。

いつもなら、事務方の同心たちがひっきりなしに行き交っているのだが、非番月を迎えたこの日は足音一つ聞こえず、水を打ったようにしんと静まり返っている。

直次郎は隣室の戸口に立って、

「米山《よねやま》さん、米山さん」

と中に低く声をかけた。

ほどなく遣戸が静かに開いて、初老の小柄な男が顔をのぞかせた。例繰方《れいくりかた》同心の米山兵右衛《ひょうえ》である。歳は五十二、例繰方一筋に歩いてきた古参同心で性格は温厚実直、直次郎が心を許せる数少ない人物の一人である。

「あ、仙波さん。どうぞ、お入りください」

兵右衛は欠けた歯を見せてニッと笑い、直次郎を中に招《しょう》じ入れた。

十畳ほどの板敷きの部屋である。

三方の壁は書棚になっていて、分厚い綴《つづ》りがぎっしり積み重ねてある。

そのほとんどは、罪囚の犯罪の状況や断罪の擬律《ぎりつ》などが記録された御仕置裁許帳《おしおきさいきょちょう》（現代でいう刑事訴訟の判例集）である。

これらの書類を作成し、保管する役職を「例繰方」といった。

「ちょうど、湯がわいたところです。茶を淹《い》れましょう」

兵右衛は無類の茶好きで、真夏でも手焙《てあぶ》りに火を熾《おこ》して茶を楽しんでいる。

「今日も蒸しますなあ」

差し出された茶をすすりながら、直次郎は開け放たれた窓に目をやった。

そこからも裏庭の百日紅の花が見えた。

まったくの無風である。咲き乱れた真紅の花はそよとも揺るがない。

「風があれば、少しはしのぎやすいんですがねえ」

いいつつ、兵右衛は熱い茶をふうふう吹きながらすすっている。

直次郎は、机の上に山積みにされた書類や帳簿をちらりと見て、

「米山さんの仕事も大変ですな」

同情するようにいった。

例繰方は、非番の月でものんびりする暇《ひま》がない。前月の未整理の案件の処理

や、物書き同心に提出する書類の作成、月番の北町《きたまち》奉行所から日々上がってくる報告書の整理などで忙殺されるからである。

「この仕事には月番も非番もありませんから——」

兵右衛は、ほろ苦く笑い、

「さっそく北町から二件ほど報告が上がってきましたよ」

「事件ですか」

「ええ、昨夜、簓の庄兵衛が何者かに殺されたそうです」

「ほう、簓の庄兵衛が——」

直次郎はとぼけて見せた。

「評判の悪い男でしたからねえ。怨みを持つ者の仕業でしょう」

「で、もう一件は？」

「身投げです」

「身投げ？」

直次郎は思わず膝を乗り出した。

兵右衛の話によると、今朝早く、大川で投網《とあみ》を打っていた漁師が、三股（河口近くの中州《なかす》）付近で若い女の水死体を見つけて番屋に通報したという。

（昨夜の娘に違いねえ）

そう直観《ちょっかん》しながらも、直次郎はあいかわらずのとぼけ顔で、

「で、その娘の身元はわかったんですか」

「ええ」

兵右衛は机の上の書類を取って、目を落とした。

「日本橋駿河《するが》町の呉服問屋『大津《おおつ》屋』の一人娘で、名はおきよ。歳は十七だそうです」

「へえ、『大津屋』の一人娘がねえ」

意外だった。『大津屋』は日本橋でも屈指の大店《おおだな》である。その『大津屋』の一人娘が、なぜみずから命を絶たなければならなかったのか。

北町の報告書にもその理由は記載されていないという。

「乳母《おんば》日傘で何不自由なく育てられてきたんでしょうに――」

兵右衛は嘆息《たんそく》をついた。

「いまどきの若い娘は何を考えているのか、わたしらにはさっぱりわかりません」

「いや、まったく」

うなずきながら、直次郎はぐびりと茶を飲み干《ほ》した。

「よろしかったら、もう一杯いかがですか」

「いえ、もう結構です」

と手を振って腰を上げると、

「すっかりお邪魔をしてしまって。ご馳走《ちそう》さまでした」

丁重に礼をいって退出したが、直次郎は自室にもどらず、そのまま中廊下を抜けて表玄関に向かった。雪駄《せった》をはいて外に出ようとしたとき、ふいに背後から、

「おい、仙波」

野太い声で呼び止められた。ぎょっとなって振り返ると、式台《しきだい》に四十がらみの小肥《こぶと》りの同心が立っていた。年番方《ねんばんがた》同心の峰山六郎左衛門《みねやまろくろうざえもん》である。

「あ、峰山さま」

「出かけるのか」

峰山が狷介《けんかい》な目つきでじろりと見下ろした。

「は、はい。奉書紙《ほうしょがみ》が切れたので、買いに行こうかと」

「そうか。ついでに煙草《たばこ》を買ってきてくれんか」

「かしこまりました」

直次郎は卑屈なほど腰を低くして、上目遣《うわめづか》いに峰山を見た。

「銘柄は何にいたしましょう？」

「国分《こくぶ》を一斤《きん》（約六百グラム）。二朱もあれば足りるだろう」

財布から一朱銀を二個取り出して直次郎に手渡すと、峰山は傲然《ごうぜん》と肩をそびやかして立ち去った。そのうしろ姿を横目で見送りながら、

「チッ」

と小さく舌打ちを鳴らして、直次郎は玄関を出た。

いまでこそ直次郎は「両御組姓名掛」などという閑職《かんしょく》に甘んじているが、つい一年半ほど前までは廻り方同心をつとめていた。

町奉行所の廻り方には定町廻《じょうまち》り、隠密《おんみつ》廻り、臨時《りんじ》廻りの、いわゆる「三廻り」があり、中でも定町廻りは町奉行所の花形といわれる役職だった。

直次郎がつとめていたのも、その定町廻りである。

南町きっての辣腕《らつわん》同心として内外に声望の高かった直次郎に、青天の霹靂《へきれき》ともいうべき不運がおとずれたのは、一昨年（天保十二年）の暮れだった。

奉行の矢部《やべ》駿河守定謙《するがのかみさだのり》が突然罷免《ひめん》され、後任に目付上がりの鳥居《とりい》甲斐守《かいのかみ》耀蔵《ようぞう》

が抜擢《ばってき》されたのである。矢部の突然の失脚は、一説には鳥居の陰謀によるものだといわれているが、くわしい事情は直次郎にもわからなかった。

ただ、鳥居という人物が目付時代からすこぶる評判が悪く、江戸市民から、〈妖怪《ようかい》（耀甲斐）〉

と呼ばれて恐れられていることは知っていた。

その鳥居が南町奉行の座についたとたん、奉行所内で大幅な人事異動が行われ、前奉行矢部駿河守の信任の厚かった与力・同心がことごとく更迭《こうてつ》されたのである。

直次郎もその一人だった。矢部駿河守の在任中、定町廻り同心として数々の実績をあげたために、鳥居から「矢部派」と見なされて閑職に追いやられたのである。

以来、直次郎は、鳥居耀蔵に阿諛追従《あゆついしょう》する与力・同心たちから、

「冷や飯食い」

と嘲笑《ちょうしょう》され、あからさまな差別や嫌がらせを受けるようになった。

ときには自分より年若い同心から、使いっ走《ぱし》りを頼まれたり、本来小者がやるべき雑用を押しつけられたりすることもしばしばあった。

しかし、当の直次郎はまったく意に介さなかった。町方同心として三十俵二人《ににん》扶持《ぶち》の禄《ろく》を食《は》んでいる以上、上役の命令には絶対服従であり、いちいち腹を立てていたのでは宮仕《みやづか》えはつとまらない。

「有為転変《ういてんぺん》は人の世の常」

と割り切り、面従腹背《めんじゆうふくはい》を決め込んでいるのである。

数寄屋橋御門を出て、外濠《そとぼり》通りを北に向かった。

じりじりと灼熱《しやくねつ》の陽差しが照りつけ、西の空に雲の峰《みね》がわき立っている。

この数日、干天《かんてん》がつづき、一滴の雨も降っていない。

歩《ほ》を運ぶたびに、乾いた道から白茶《しろちゃ》けた土埃《つちぼこり》が舞い上がる。

(一雨来りゃいいんだが……)

恨《うら》めしげに上空を仰ぎながら、直次郎は比丘尼《びくに》橋を渡り、北紺屋《きたこんや》町の路地に足を踏み入れた。雑貨屋や惣菜《そうざい》屋、乾物《かんぶつ》屋などの小店が軒をつらねる路地の一角に、間口二間(約三・六メートル)ほどの小さな煙草屋があった。

柿色の暖簾《のれん》に『九十九《つくも》屋』の屋号が染《そ》め抜いてある。

直次郎は暖簾を割って、店に入った。

二坪ほどの土間の奥に板敷きがあり、初老の男が台の上で葉煙草をきざんでいる。俗に「賃粉切《ちんこ》り」と呼ばれる職人である。霧を吹いて湿《しめ》らせた葉煙草を、寸分《すんぶん》の狂いもなくきざむ手つきは、まさに熟練の業だ。

帳場のわきには、きざみ煙草を入れた箱が積み重ねてあり、それぞれに服部《はっとり》、館《たて》、舞《まい》、竜王《りゅうおう》、国分、小山田《おやまだ》、秦野《はだの》、松川《まつかわ》などの銘柄が記されている。

「いらっしゃいまし」

職人が煙草をきざむ手を止めて、顔を上げた。

「国分を一斤ばかりもらいてえんだが」

「かしこまりました」

「二朱で足りるかい？」

「いえ、二朱ですと、八十匁《もんめ》（約三百グラム）ほどにしかなりませんが」

「え？」

「国分一斤は一分《いちぶ》（四分の一両）いたしますので」

「それじゃ、話が違うじゃねえか」

思わず声を張り上げた。

峰山から預かってきた金は二朱、国分一斤の値段の半分である。

「話が違う？　どういうことでございましょう？」

けげんそうに問い返す職人に、

「いや、なに、こっちの話だ」

直次郎は笑って誤魔化《ごまか》した。

峰山は初手《はな》から不足分の二朱を直次郎に出させるつもりだったに違いない。

（あの古狸《ふるだぬき》め、せこい手を使いやがって）

腹の中で憤然《ふんぜん》と吐き捨てながら、直次郎は思い直すようにいった。

「わかった。じゃ、こうしよう」

相手がそのつもりなら、こっちにも考えがある。

「国分四十匁（約百五十グラム）に玉《たま》煙草を百二十匁（約四百五十グラム）混ぜてもらおうか」

玉煙草は最下級のきざみ煙草である。どうせ煙草の味などわかるわけはないし、こうすると百文ばかり浮く勘定になる。もちろん、その百文は、駄賃《だちん》として自分のふところに入れるつもりだった。

4

煙草を買って『九十九屋』を出たあと、直次郎は日本橋に向かった。昨夜、永代橋から身投げした、おきよという娘の実家『大津屋』をたずねようと思ったのである。

北紺屋町の路地を抜けて、京橋《きょうばし》の大通りに出た。

炎天下にもかかわらず、あいかわらずの人出である。

商家のお店者《たなもの》や仲買人ふうの男、買い物の女たち、荷車を牽《ひ》く人足もいれば、道行く人に喜捨《きしゃ》を求める托鉢《たくはつ》坊主、水売り、白玉《しらたま》売りの振り売りなどがひっきりなしに往来している。その雑踏を縫うようにして、日本橋南詰の広場にさしかかったときである。

「仙波の旦那」

ふいに背後から声をかけられ、直次郎は思わず振り向いた。

人混みの中に、大きな台箱をかつぎ、赤い前掛けをかけた若い女が立っていた。

女髪結《おんなかみゆ》いの小夜《さよ》である。色白で目鼻だちのととのった美形だが、実はこの女、直次郎の裏稼業仲間なのだ。

「どこへ行くの？」

小夜が近づいてきた。

「うん、ちょっと気になることがあってな」

「気になることって？」

「おめえ、駿河町の『大津屋』って呉服問屋を知ってるか」

歩きながら、直次郎が訊《き》いた。

「よく知ってるわ。『大津屋』のお内儀《かみ》さん、あたしのお客だから」

「そりゃ好都合だ。そのへんで茶でも飲みながら、ゆっくり話を聞こうじゃねえか」

そういって、直次郎は近くの茶店に小夜をさそった。

店の前には緋毛氈《ひもうせん》を敷きつめた床几が出ていて、日除けのよしずがかけてある。店内が混んでいたので、二人は小女《こおんな》に心太《ところてん》と白玉ぜんざいを注文して床几に腰を下ろした。

「で──」

運ばれてきた白玉ぜんざいを食べながら、小夜が、

「『大津屋』さんがどうかしたの？」

と、すくい上げるような目で直次郎を見た。

「ゆうべ、娘が身投げしたんだ」

「えっ」

小夜は瞠目した。

「本当？　それ」

「実をいうとな」

直次郎は小夜の耳元に顔を寄せ、ささやくような小声で、昨夜のできごとの一部始終を語った。

「あのおきよさんが身投げするなんて――」

話を聞き終えた小夜は、信じられぬ面持ちで二、三度大きくかぶりを振った。

「そのことで、何か心当たりはねえかい」

「そういえば、この十日ばかり、おきよさんの姿を見かけなかったけど、お澄《すみ》さんと何かあったのかしら？」

「お澄？」

「『大津屋』の旦那の後妻《ごさい》さん」

「てえと、おきよの継母《ままはは》ってことか」

「うん」

小夜の話によると、『大津屋』の主人・作兵衛《さくべえ》は、三年前に連れ合いを病で亡くし、しばらくやもめ暮らしをしていたが、去年の秋、『大津屋』の針仕事の手内職をしていたお澄という女を後添《のちぞ》えに迎えたという。

「そのお澄って女が、おめえの客だったたってわけか」

「うん」

「どんな女なんだ?」

「悪い人じゃないわ。旦那さんよりひと回りも若いんだけど、そのわりにはしっかりしていて働き者だし、奉公人やお客さんたちの評判も悪くないし――」

「おきよとの仲はどうだったんだ?」

「うまくいってなかったみたい」

「だろうな。しょせんは生《な》さぬ仲の親子だ。しっくりいくはずがねえ」

「それに、お澄さんには連れ子がいるし」

「亭主持ちだったのか、お澄は」

「ご亭主とは二年前に死に別れたんだって」

「連れ子はいくつになるんだい？」

「八つの女の子。いつだったかお澄さん、こぼしてたわ。別に自分の娘だけを依《え》怙贔屓《こひいき》してるつもりはないのに、何かにつけては、おきよさん、その子に焼き餅《もち》を焼いて喧嘩ばかりしてるって」

「ふーん」

「でも、そんなことで、おきよさんが身投げするとは思えないし」

「ほかに何かもっと深刻な悩みがあったのかもしれねえな」

「かもね」

「なあ、小夜」

小鉢に残った心太を一気にすすり上げると、直次郎は一段と声をひそめて、

「そのへんのところを、もっとくわしく調べてもらえねえかい？」

「そりゃ構わないけど──」

小夜がけげんそうに見返っていった。

「けど旦那、なぜそんなにおきよさんのことを？」

「あの娘は、おれの目の前で飛び込みやがったんだぜ」

苦い顔で、直次郎はぞろりとあごを撫でた。

「でも、それは旦那のせいじゃないわ。たまたまその場に旦那が居合わせただけの話でしょ」

「娘に声をかけたのがいけなかったんだ。あのまま黙ってやり過ごしていれば、ひょっとしたら娘は思いとどまっていたかもしれねえ。そう思うとちょっぴりこのへんがうずいてな」

そういって、直次郎は自分の胸を指差した。

食べ終えた白玉ぜんざいの器《うつわ》を床几に置いて、小夜がくすりと笑った。

「旦那って見かけによらず、やさしいんだね」

「てやんでえ」

直次郎はほろ苦く笑い、

「こう見えても、昔は〝仏《ほとけ》の直次郎〟と呼ばれた人情同心だったんだぜ」

「その仏が〝冷や飯〟を食わされて、〝鬼の闇同心〟に宗旨《しゅうし》替えってわけ」

「おい、おい」

「わかったわ」

すっくと立ち上がり、

「さっそく調べてみる」

と、いいおいて、小夜は足早に人混みの中に消えていった。


日本橋を渡り、大通りを北に向かってしばらく行くと、室町《むろまち》二丁目と三丁目の間に左に折れる道がある。その道の両側が駿河町で、大小の呉服問屋や太物《ふともの》問屋、生糸《きいと》絹織物問屋などが建ち並んでいる。

呉服問屋『大津屋』は、その町の西はずれにあった。

建物は二階建ての土蔵造り、間口十間（約十八メートル）の豪壮な店構えである。

小夜は店の手前で足を止めた。

店の大戸が下ろされている。くぐり戸のわきには『忌中《きちゆう》』の貼り紙があり、店の前をたすき掛けの中年女が掃《は》き清めていた。『大津屋』の女中・おりくである。

「あら、お小夜さん」

小夜の姿に気づいて、おりくが声をかけてきた。

「おきよさん、亡くなったんですって？」

小夜が歩み寄って、小声で話しかけると、

「ええ、ゆうべ永代橋から身投げしたそうですよ」

あたりをはばかるように、おりくも声をひそめて、

「つい先ほど谷中《やなか》の慶隆寺《けいりゆうじ》で身内だけで葬儀《そうぎ》を済ませたところです」

「でも、なぜ、おきよさん身投げなんか?」

「さあ、くわしいことはわたしにもわかりませんけどね」

おりくはしきりに往来の人通りを気にしながら、

「十日ほど前だったかしら、お内儀さんと些細《ささい》なことで言い争いになり、お嬢さん、ぷいと家を出てしまったんです」

「家を出た?」

「それっきりもどってこないので、わたしたちも心配してたんですけど、まさか身投げするとは――」

「そう」

小夜は暗然とうなずいた。

気の毒なのは、内儀《ないぎ》のお澄である。一報を聞いたとたん、おきよを追い詰めてしまったのは自分のせいだと、半狂乱になって泣き崩れ、そのまま寝込んでしまったという。

「お内儀さんに罪があるわけじゃないんですけどねえ」

おりくは同情するような口調でいった。

多感な年ごろの娘が、血のつながらぬ継母に反感を抱いたり、反発したりするのはよくある話である。しかし、それが直接身投げの原因にむすびつくとは思えなかった。

「ほかに何か思い当たることは？」

「それが、わたしらにもさっぱりわからないんですよ。お金に困っていたわけではないし、色恋沙汰《いろこいざた》で悩んでいたふしもないし」

「家を出てから十日間、おきよさんはどこにいたのかしら？」

「二、三両のお金は持っていたはずなんです。安宿《やすやど》でも転々としていたんじゃないでしょうか」

そういうと、おりくはあわただしげに、「ごめんなさい。まだ仕事があるので」と頭を下げて、くぐり戸の中に消えていった。

小夜は釈然とせぬ面持ちで踵《きびす》を返し、ふたたび室町通りの雑踏に足を向けた。

小夜の知るかぎり、おきよはやや勝気なところはあったが、性格は明るく、どちらかといえば楽天的な娘だった。そのおきよが継母・お澄への面当《つらあ》てのために、みずから命を絶つとは思えなかった。

家出自体も、おそらく父親やお澄を困らせてやろうという程度の、（ほんのいたずら心）だったのかもしれないし、またそれを口実に一人で自由気ままに羽を伸ばしてみたいという思いがあったのかもしれない。大店の一人娘としてわがまま放題に育てられてきたおきよならやりかねないことである。

問題は、おきよが家を出てから身投げするまでの十日間である。その間、おきよはどこで何をしていたのか。

（ひょっとしたら……）

その十日の間に、おきよの身に何かのっぴきならない事態が起きたのではないだろうかと、小夜は直観的にそう思った。

奉行所からの帰り、仙波直次郎は日本橋萬《よろず》町の薬種問屋《やくしゅ》『井筒屋《いづつ》』に立ち寄った。

妻・菊乃《きくの》の薬を買うためである。菊乃は七年ほど前に心《しん》ノ臓《ぞう》の発作で倒れ、生死の境をさまよったことがある。それ以来寝たり起きたりの日々を送っていた。

病名は「心ノ癪《しゃく》」、現代でいう心筋梗塞《しんきんこうそく》である。

この病に効能があるとされていたのが、『井筒屋』家伝の生薬《しょうやく》「浄心散《じょうしんさん》」だった。十包で一分もする高価な薬だが、それを服用すると「心ノ癪」はたちどころに和《やわ》らいだ。まさに菊乃はその薬で命をつないでいるのである。

『井筒屋』の屋号を染め抜いた紺の大暖簾を分けて中に入ると、

「これは、これは仙波さま、お久しぶりでございます」

五十年配の男が帳場格子の中から出てきて、愛想《あいそ》よく直次郎を迎え入れた。あるじの徳兵衛《とくべえ》である。かつてはこの店も直次郎の廻り先の一つで、徳兵衛とはかれこれ十年来の付き合いになる。

「奥さまのお加減はいかがでございますか？」

座布団をすすめながら、徳兵衛が訊いた。

「このところ変わりはない。薬のせいで以前よりはいくぶん元気になったような気がするが――」

「それはようございました」

「しかし、完治したわけではないからな。油断はできんさ」

「心ノ臓の病はむずかしゅうございます。薬で発作を抑えることはできても、なかなか完治というわけにはまいりませんからねえ」

「ああ、騙《だま》し騙し、一生付き合っていかなきゃならんだろうな」

「せいぜいお大事になすってくださいまし」

「さっそくだが、『浄心散』を四十包ばかりもらおうか」

「かしこまりました」

徳兵衛は帳場格子の奥の薬簞笥《だんす》に向かった。

直次郎のふところには、先日の鰯の庄兵衛殺しの仕事料三両が手つかずのままあった。そのうちの一両を薬代に当てるつもりである。

「お待たせいたしました」

徳兵衛が薬包を紙にくるんで持ってきた。代金を払って店を出ようとすると、

「あ、そうそう」

と徳兵衛が思い出したように、

「仙波さま、鉄砲洲《てつぽうず》の天応院《てんおういん》というお寺をご存じでございますか?」

「天応院? いや、知らねえな。その寺がどうかしたのか」

「なんでもそのお寺にお参りすると、霊験《れいげん》あらたか、てきめんに御利益御利生《ごりやくごりしよう》があるそうで、巷《ちまた》では大変な評判になっております」

「ほう」

「医者に見放された死に病《しやまい》の患者が、天応院の加持祈禱《かじきとう》を受けたところ、すっかり病が治ってしまったという噂も耳にいたしました」

「本当かね、そりゃ」

半信半疑の面持ちで、直次郎はあごを撫でた。

「困ったときの神頼みと申します。ま、騙されたつもりで、一度仙波さまもその寺にお参りに行ってみたらいかがでしょうか」

「ふむ」

「ひょっとしたら、奥さまのご病気も治るかもしれませんよ」

「もともと、おれは無信心だが――」

いいつつ、直次郎は神妙な顔になって、

「寺参りでかみさんの病が治るのなら、おやすい御用だ。折りを見てちょいと行ってくるか」

ひとりごちながら店を出て行った。

翌日、直次郎はいつもより半刻（一時間）ほど遅く起床した。

顔を洗って居間へ行くと、朝食の膳がととのっていて、その前に妻の菊乃が端座していた。歳は直次郎より五歳下の二十七歳。色白で細面《ほそおもて》の清楚《せいそ》な感じの美人である。

「おはようございます」

と笑みを向ける菊乃に、直次郎はおはようと挨拶《あいさつ》を返して、

「すっかり寝坊しちまったな」

苦笑しながら、膳の前にどかりと胡座をかいた。

「いいじゃありませんか。たまの休みなんですから」

この日、直次郎は非番なのだ。二人は向かい合って朝食を食べはじめた。

「体の具合はどうなんだ？」

味噌汁《みそしる》をすすりながら、直次郎は気づかうような目で菊乃を見た。

「おかげさまで、このところ大分いいようです。お買い物に出かけても動悸《どうき》や息切れがしなくなりましたわ」

「そうか。それはよかった」

「そろそろ、お薬をやめようかと思ってるんですけど」

「いや、それはいかん。薬をやめたらもとの木阿弥《もくあみ》になるぞ」

「でも、あんな高価なお薬を――」

「金のことなら心配するな。おれにもいろいろと役得《やくとく》があるからな」

むろん、これは方便である。「両御組姓名掛」という閑職に役得などあるわけはない。菊乃の薬代は〝裏稼業〟の仕事料でまかなっているのだ。

「とにかく、おまえの体が一番だ。金には換えられんさ」

「あなたにはご迷惑ばかりおかけして」

「水臭《みずくさ》いことを申すな。おれたちは夫婦なんだぞ」

食事を終えると、直次郎は寝間《ねま》にもどって着替えを済ませ、ふたたび居間に向かった。

「お出かけでございますか」

けげんそうに振り向く菊乃へ、

「ちょっと用事を思い出してな。一刻（二時間）ほどでもどってくる」

といって、直次郎は玄関に出た。

「陽差しが強うございます。笠《かさ》をお持ちになったほうが」

「うむ」

菊乃から塗笠《ぬりがさ》を受け取って、直次郎は家を出た。

非番なので羽織は着けず、麻《あさ》の着流しに二本差しというでたちである。

八丁堀から亀島《かめしま》町通りに出、越前堀《えちぜんぼり》に沿って南に向かうと、やがて前方に橋が見えた。越前堀と京橋川の合流点に架《か》けられた稲荷《いなり》橋である。

その橋の南側が鉄砲洲で、海岸沿いに本湊《ほんみなと》町、船松《ふなまつ》町、十軒《じっけん》町と町家が広がっている。

目指す「天応院」は、本湊町の南はずれのこんもり茂る杜《もり》の中にあった。

なるほど大変な盛況である。杜の中につづく石畳《いしだたみ》の参道には、参詣におとずれる老若男女が切れ目なく行き来し、それを目当てによしず掛けの茶店が建ち並んでいる。

人混みにまぎれて、直次郎も参道へ足を踏み入れた。

一丁（約百九メートル）ほど行ったところに、古色蒼然《そうぜん》たる山門が建っていた。正面に二本の親柱、背面に二本の控え柱を立て、上に茅葺《かやぶ》き切妻《きりづま》造りの屋根をかけた、どっしりした門構えである。その親柱には、

「神明夢想教《しんめいむそうきょう》」

と、したためられた、比較的新しい門札がかかげられている。

どうやらこの寺は、密教系の新興の宗派らしい。

山門をくぐってしばらく行くと、広い境内に出た。

そこには鐘楼《しょうろう》、経堂《きょうどう》、閻魔堂《えんまどう》、大師堂《たいしどう》、僧房《そうぼう》などがあり、正面に本堂があった。

参詣の人波に揉《も》まれながら、直次郎は本堂に向かった。

本堂の基壇《きだん》に置かれた巨大な賽銭《さいせん》箱の前は、文字どおり芋《いも》を洗うような大混雑である。

直次郎は人垣の奥から、首を伸ばして本堂の中を見た。

護摩壇《ごまだん》の前で、紫紺の法衣《ほうえ》に古金襴《こきんらん》の袈裟《けさ》をかけた僧侶が、護摩を焚《た》きながら呪《じゅ》を唱えている。天応院権大僧都《ごんだいそうず》・法念上人《ほうねんしょうにん》である。

歳は四十五、六だろうか。深く窪《くぼ》んだ眼窩《がんか》、鼻梁《びりょう》の高い鼻、くさびのように鋭角的なあご、総髪《そうはつ》を肩のあたりまで伸ばしている。

「ナウボウ、バギャバテイ、バンセイジャ、グロ、バイチョリヤ、ハラバア、ランジャヤマ、タタギャタヤ、アラカテイ、サンミャク、サンボダヤ――」

法念上人が唱える呪に呼応《こおう》して、数十人の宗徒が板敷きにひれ伏し、一心不乱に五体投地《ごたいとうち》の修法《しゅほう》を行っている。それを見て、

（ほう）

直次郎は意外そうに吐息を洩《も》らした。宗徒の中に若い娘の姿が目立ったからで

ある。中には、十五、六歳のあどけない娘もいた。

何かに取り憑《つ》かれたように髪を振り乱して、ときにはすすり泣くような声を発し、ときには恍惚《こうこつ》の表情を浮かべながら、無心に五体投地の修法に没念する若い娘たちの姿は、意外というより奇異な感じさえする。

「天応院」というこの寺が、これほど多くの人々に信仰される理由は、『井筒屋』徳兵衛がいうように、現世御利益が広く喧伝《けんでん》されているためであろう。逆にいえば、それだけ多くの人々が苦悩や艱苦《かんく》を抱えているということでもある。

(それにしても、大したもんだぜ)

感心するようにあたりを見廻しながら、直次郎は賽銭箱の前に歩み寄り、

(おれもあやかるとするか)

と賽銭箱に一朱銀を放り込んで、神妙に手を合わせた。願いごとは、もちろん、妻・菊乃の病気治癒《ちゆ》である。

参拝を終えて、ふたたび参道の人波に身を投じて山門に向かった。

参道の両側には杉の老木が立ち並び、鬱蒼《うつそう》と繁《しげ》った葉が陽差しを閉ざしている。

海が近いせいか、参道の緑陰を涼風が吹き抜け、汗にまみれた顔を心地よくね

ぶってゆく。

山門を出たところで、直次郎は一軒の茶店に立ち寄った。

「いらっしゃいまし」

赤い前垂《まえだ》れをかけた小女がすかさず注文を取りにきた。

「麦湯《むぎゆ》をもらおうか」

「かしこまりました」

麦湯は、殻《から》付きのまま煎《い》った麦を熱湯に入れ、甘味を加えて冷やしたもので、夏の飲み物として庶民に人気があった。運ばれてきた麦湯をすすりながら、ぼんやり参道の人波に目をやっていると、山門をくぐってきた小柄な老人が、

「失礼いたします」

と丁重に頭を下げて直次郎のとなりに腰を下ろし、

「お暑うございますな」

と、なれなれしく声をかけてきた。

「おめえさん、この寺にはよくくるのかい？」

直次郎が訊ねると、

「はい」

と、うなずいて、老人も麦湯を注文した。どこぞの商家の隠居らしい、身なりのよい老人である。老人は運ばれてきた麦湯をうまそうにすすりながら、

「三年ほど前に中風《ちゅうふう》をわずらいましてね。ずいぶんと医者にも通ったんですが、さっぱりよくならないので、このお寺で病治癒の加持祈禱をしていただきました。それ以来、毎日のようにお参りにきております」

「で、中風は治ったのかい？」

「はい。法念上人さまの霊力のおかげで、このところ痛みがだいぶ和らぎました。ありがたいことでございます」

そういうと、老人はしわのように細い目で直次郎をまじまじと見やり、

「お武家さまも、お参りに？」

「うむ。まあな」

あいまいに応えながら、直次郎は茶碗に残った麦湯を飲み干して、

「おれは無信心で神仏にはトンと縁がなかったんだがな。噂を聞いてちょいと様子を見にきたんだ。この寺は昔からあったのかい？」

「創建百五十年と聞いております。以前は真言宗《しんごんしゅう》・知隆院元禄寺《ちりゅういんげんろくじ》の末寺《まつじ》だったそうですが、ご住職が七年前に亡くなり、養子に入った法念上人さまがお寺を継

いで、新たに神明夢想教を興《おこ》したそうでございます」

「ふーん」

「そのころから、霊験あらたか、御利益御利生があると評判になりましてね」

「上人さまの修法を受けられるのは、信徒だけなのかい？」

「いえ、祈禱料を払えば、どなたでも」

「なんだ、金を取るのか」

「祈禱料や厄除《やくよ》け料、護符《ごふ》代などは、どこのお寺でも取っておりますからね」

「いくらぐらい取るんだい？」

「加持祈禱は五両、護符代は一両です」

「五両は高《たけ》えな」

「それが高いと思うか、安いと思うかは、人それぞれでございますので」

「賽銭だけじゃ、御利益はねえのかい？」

「法念上人さまは徳の高いお方でございますから、貧しい人々にもそれなりにご恩沢《おんたく》を施してくださると思いますよ」

「それなりに、か――」

　苦笑を浮かべながら、直次郎は床几に代金を置いて腰を上げた。

第二章　謎の血文字

1

小夜は、定まった場所に床《とこ》（店）を持たない、いわゆる「廻《まわ》り髪結い」である。

自宅は日本橋瀬戸物《せともの》町にあった。六畳二間に台所がついた古い小さな借家である。

仙波直次郎から、『大津屋』の一人娘・おきよの身投げの真相を調べるように依頼されてから五日がたっていたが、いまだにこれといった手がかりは得られなかった。

簡単な朝食を済ませ、かつぎ台箱に梳《す》き具や鬢盥《びんだらい》、髪油などを詰め込んで仕事に出かけようとしたとき、玄関の戸が開いて、

「おはようございます」

と女の声がした。障子《しょうじ》を引き開けて見ると、三和土《たたき》に『大津屋』の女中・おりくが立っていた。

「おりくさん、先日はどうも」

「あのときは取り込み中だったので、何のおかまいもできなくて。ごめんなさいね」

「いえ、どういたしまして。その後、お内儀《かみ》さんの様子は？」

「だいぶ落ちついたようですよ。気晴らしに髪を結い直したいといってるんですけど、お小夜さん、ご都合はどう？」

「いますぐですか」

「ええ、できれば――」

「わかりました」

小夜は手早く前掛けをかけ、台箱を背負って三和土に下りた。

日本橋瀬戸物町から駿河町の『大津屋』までは、指呼《しこ》の距離である。

おりくの話によると、『大津屋』は一昨日《おととい》から店を開けているという。

大戸はすでに上げられ、人足たちが荷車の荷を店の中に運び込んでいた。その奥で手代《てだい》や丁稚《でっち》たちがあわただしく開店の準備をしている。いつもと変わらぬ光景である。

おりくは小夜を奥座敷の襖《ふすま》の前まで案内し、

「じゃ、お願いします」

といって、足早に立ち去った。

「失礼いたします」

部屋の中に声をかけて、襖を静かに引き開けると、

「お待ちしておりました。どうぞ」

と内儀のお澄《すず》が涼やかな笑みを浮かべて小夜を招《しょう》じ入れた。歳のころは三十前後、器量は十人並みだが、色白のふっくらした面立《おもだ》ちで、体つきが妙に色っぽい。

「朝からご無理をいって申しわけありませんね」

「いえ」

と小夜はかぶりを振り、背中にかついだ台箱を下ろして、神妙な顔で両手をつ

いた。

「このたびは、とんだことで」

「本当に突然のことで、小夜さんもさぞ驚かれたでしょう」

「ええ、おきよさんが亡くなったなんて、いまでもまだ信じられませんわ」

「わたしも一報を聞いたときは、すっかり取り乱してしまいましてね」

声を詰まらせて、お澄はつらそうに目を伏せたが、すぐ思い直したように、

「でも、いつまでもくよくよしていても仕方がありませんから」

と気丈に笑ってみせ、今日から気持ちを入れ換えて家業に精を出すつもりです、といった。そんなお澄の心中をおもんぱかって、小夜もあえておきよの話題には触れず、

「では、さっそく」

と台箱から髪結い道具を取り出して、仕事に取りかかった。

島田髷《まげ》を解いて、長く垂《た》らした髪を何度も丁寧に梳《す》き上げ、髪油をつけてふたたびきれいに結い上げる。その間、お澄は気持ちよさそうに目を閉じていたが、ややあって、

「あの娘《こ》、いい人がいたのかもしれません」

ぽつりと一言、つぶやくようにいった。小夜は思わず手を止めて、

「いい人？」

と、けげんそうに訊《き》き返した。

「おきよちゃん、本郷《ほんごう》の茶の湯の師匠の家にお稽古《けいこ》に通っていたんですけど――」

茶の湯の稽古は暮の七ツ（午後四時）から七ツ半（午後五時）までの半刻（一時間）で、おきよはいつも六ツ（午後六時）ごろには帰宅していたそうである。ところが先月の半ばごろから、稽古に出かけるたびに帰宅が遅くなり、ときには四ツ（午後十時）を過ぎることもあったという。

「ちょうど、そのころからお化粧も濃いめになったし、急におしゃれをするようになったので、おかしいなとは思っていたんですけど、いま思えば好きな人がいたのかもしれません」

「相手の男の人に心当たりは？」

「いえ、おきよちゃん、そんな話は一切しませんでしたし、わたしのほうからも聞こうとはしませんでしたから」

「旦那《だんな》さまもご存じなかったんですか」

「主人ばかりか、うちの奉公人たちもまったく気づいていなかったようです」

「そうですか」

「年ごろの娘ですからねえ。好きな人がいてもふしぎはないんですけど、ただ、相手はどこの誰ともわからない人ですし、毎晩帰りが遅いのも心配なので――」

「で、おきよさんにそのことを？」

「いいえ、わたしの口から小言めいたことをいえば、角《かど》が立ちますから」

そこで夫の作兵衛に相談したところ、どこで聞きつけたものか、おきよは凄《すご》い剣幕でお澄に食ってかかり、散々悪態《さんざんあくたい》をついたあげく、ぷいと家を飛び出して行ったまま、それっきりもどって来なかったという。

「家を出るとき、二、三両のお金を持っていたそうなんです。そのお金を遣《つか》い果たしたらもどってくるから心配するなと、主人は呑気《のんき》に構えていましたが、三日たっても四日たってももどってこないので」

言葉を切って、お澄は目を伏せた。

「お内儀さんとしては心配ですよね」

「そのまま放っておくわけにはいきませんからねえ。主人に内緒で店の者に心当たりを探させたんです。でも、結局は――」

「見つからなかった？」

「ええ」

「ひょっとしたら、その男の家に転がり込んだんじゃないでしょうか」

ふたたび髪を結いながら、小夜がそういうと、お澄は我が意を得たりとばかり、

「実は、わたしもそう思っていたんです」

「とすれば、その人がおきよさんの身投げの理由を知ってるかもしれませんね」

「と思うんですけど、何しろ名前も住まいも知らない人なので、捜したくても捜しようがないんですよ」

そういって、お澄は吐息をつき、静かに目を閉じた。

お澄の髪を結い終えて『大津屋』を出ると、小夜はその足で神田鍛冶町《かんだかじ》に向かった。

鍛冶町二丁目の組紐屋《くみひもや》『大和屋《やまと》』のお春《はる》という娘が、おきよの茶の湯の稽古仲間だとお澄から聞いたからである。

店の番頭に来意を告げ、近くの路地で待っていると、ほどなく若い娘が出てき

て、

「どんなご用件でしょうか」

と、けげんそうに小夜を見た。

『大和屋』の娘・お春である。おきよと同い年と聞いていたが、下ぶくれのぽっちゃりした童顔は、実年齢よりはるかに幼く見えた。

「お呼び立てして申しわけありません。わたし、『大津屋』さんにご贔屓《ひいき》いただいている髪結いの小夜と申します。おきよさんのことで少々お訊ねしたいことが」

お春は硬い表情でうなずいた。

「『大津屋』のお内儀さんから聞いた話なんですけど、おきよさん、男の人と付き合っていたそうなんです。あなた、ご存じでしたか」

「ええ、いつだったか、ちらっとそんな話を聞いたことが」

「その人に何か心当たりは？」

「くわしいことは、わたしも知らないんですけど――」

お春は思案げに視線を泳がせながら、

「確か、佐吉《さきち》さんとか」

ぽつりといった。

「佐吉？　どこの人ですか」

「深川で料理人をしていると聞きました」

「その人が働いているお店の名前はわかります？」

「いえ、そこまでは」

「おきよさんが家出をしたのは、ご存じですよね」

「ええ、『大津屋』のお店の人がわたしのところにも捜しにきましたから」

「その後、おきよさんから連絡は？」

「いいえ、何も」

小夜の矢継《やつ》ぎ早《ばや》の質問に、お春は当惑するような表情で首を振った。

「おきよさんの身投げの理由について、何か思い当たるふしはありませんか？」

「さあ」

「佐吉さんと揉《も》めごとがあったとか」

「いいえ、そんな話はまったく聞いておりません」

お春は首を振るばかりである。どうやらおきよは、茶の湯の稽古仲間にも、佐吉との付き合いに関しては多くを語らなかったようだ。これ以上訊いても無駄だと悟り、小夜はお春に礼をいって鍛冶町の大通りに出た。

（おきよは、佐吉という男に騙《だま》されていたのではないか）

ふとそんな疑念が小夜の胸をよぎった。

佐吉という男がどんな素性の男なのか、お春の話だけでは皆目《かいもく》見当もつかなかったが、世間の常識からすれば、大店の娘の交際相手としては、決してふさわしい男とはいえないだろう。おきよが佐吉との付き合いを周囲にひた隠しにしていたのも、そのためではないかと小夜は思った。

その日の夕刻、小夜は仕事を終えていったん瀬戸物町の自宅にもどり、やや早めの夕食を取ってふたたび家を出た。向かった先は数寄屋河岸《がし》である。

時刻は七ツ（午後四時）を少し廻っていたが、西に傾きかけた陽差《ひざ》しは一向に衰える気配を見せず、むしろ日中より暑さが増したような気がする。

小夜は濠端《ほりばた》の柳の老樹の陰に立って、数寄屋橋御門に目をやった。

一日の勤務を終えた南町奉行所の同心たちが、三々五々《さんさんごご》御門橋を渡ってくる。

その中に長身の同心の姿が見えた。仙波直次郎である。

小夜は何食わぬ顔で柳の木の下から歩《ほ》を踏み出し、北に向かって歩きはじめた。

直次郎も小夜の姿に気づいたらしく、大股に歩み寄ってきて、

「何かわかったか？」

横に並んで歩きながら、小声で話しかけてきた。

「おきよさんに男がいたみたい」

「男？」

「深川で料理人をしている佐吉って男」

「料理人、か――」

つぶやきながら、長身の直次郎は、背を丸めるようにして小夜の顔をのぞき込んだ。

「そいつの家とか、仕事先はわからねえのかい？」

「わかっているのは名前だけ」

小夜はかぶりを振って、こう付け加えた。

「おきよさん、身投げする十日前に、義理の母親のお澄さんといい争いになって家出したそうですよ」

「佐吉って男のことでか？」

「うん」

「家を出たあとの、おきよの足取りはわかってねえのかい？」

「佐吉って人の家に転がり込んだんじゃないかと……、いえ、これはあたしの推量ですけどね」

「ひょっとすると——」

直次郎は思案顔であごをぞろりと撫《な》でた。

「おきよは、そいつに騙されていたのかもしれねえぜ」

「旦那もそう思う？」

「深川あたりの料理人といえば、やくざな男と相場が決まってるからな」

その手の男に騙されて、散々もてあそばれたあげく、ぼろ布《きれ》のように捨てられた娘たちの姿を、直次郎は廻り方時代に嫌というほど目にしてきた。

「おきよは佐吉って野郎に騙されていたことに気づいたのかもしれねえ」

それが身投げの理由ではないか、と直次郎はいった。

「もし、そうだとすれば——」

先を歩いていた小夜が、足を止めて振り返った。

「旦那が負い目を感じることは何もないわ。おきよさんは好き勝手なことをしておいて、自分で死んじゃったんだから」

「まあな」

「いってみれば自業自得。男を見る目がなかったのよ」

「自業自得、か――」

直次郎は苦笑した。

「おめえも冷てえ女だな」

「あたしは地獄を見てきた女ですからね」

皮肉な笑みを返して、小夜はふたたび歩き出した。

2

奥州《おうしゅう》梁川《やながわ》の水呑《みずの》み百姓《びゃくしょう》の六女として生まれた小夜は、口べらしのために五歳のときに旅の軽業《かるわざ》一座に売られ、親方から厳しく芸を仕込まれた。

それから十一年後の冬のある夜、小夜の身に突然忌《い》まわしい出来事が起こった。

旅先の宿で一座の座頭《ざがしら》に力ずくで手込めにされたのである。

そのとき小夜は十六歳、まだ生娘《きむすめ》だった。

座頭につらぬかれているうちに、小夜は無意識裡《むいしきり》に髪のかんざしを引き抜いていた。

わずかな給金をこつこつと貯めて、はじめて自分のために買った銀の平打ちのかんざしだった。そのかんざしで座頭を刺し殺し、小夜は着の身着のまま逃亡の旅に出た。

雪深い信州路《しんしゆうじ》から美濃《みの》、三河《みかわ》、駿河とあちこちを転々と渡り歩いた末、十八のときに江戸に流れついて元鳥越《もととりごえ》の小料理屋で働くようになった。

そして、その店で裏稼業の元締め・寺沢弥五左衛門《てらさわやござえもん》と出会い、「闇の殺し人」の一員になったのである。そうした過去のいきさつを、むろん直次郎も知っていた。

「確かに、おめえのいう通りだ」

直次郎がつぶやくようにいった。

「男に騙されたぐらいで死ぬようじゃ、女はいくつ命があっても足りねえ」

「そういうこと。……旦那、おきよさんのことは、もう忘れたほうがいいよ」

にべもなくいって小夜は足早に去って行った。

ほろ苦い面持ちでそれを見送ると、直次郎は比丘尼橋を渡って室町通りに出、両国方面に足を向けた。久しぶりに裏稼業仲間の万蔵《まんぞう》の家を訪ねようと思ったのである。

ぎらぎらと照りつけていた陽がようやく西の端《は》に沈み、桔梗《ききょう》色に染まりはじめた東の空に利鎌《とがま》のような三日月が浮いている。

両国広小路《ひろこうじ》の雑踏を縫って、直次郎は両国橋を渡った。

万蔵の家は南本所《みなみほんじょ》の番場《ばんば》町にあった。間口二間ほどの古びた小さな一軒家である。看板はかかげていないが、万蔵はこの家で古着屋をいとなんでいる。

腰高《こしだか》障子にほんのりと明かりがにじんでいた。

「ごめんよ」

と声をかけて、中に入った。

三和土の奥の薄暗い板敷きに山のように古着が積まれている。その古着の山に埋もれるようにして、四十がらみの男が行燈《あんどん》の明かりの下で帳付けをしていた。

「やあ、仙波の旦那」

男が顔を上げてニッと笑った。あるじの万蔵である。

薄い頭髪、庇《ひさし》のように突き出た額、金壺眼《かなつぼまなこ》に団子鼻、分厚い唇《くちびる》——一見狒々《ひひ》のように獰猛《どうもう》な顔をしているが、笑うと存外愛嬌《あいきょう》がある。

「旦那がわざわざお出ましとは、どういう風の吹き廻しですかい」

「別に用事はねえんだが、たまにはおめえの顔でも見てやろうと思ってな」

「そいつは恐れいりやす」

　ぺこりと頭を下げて、万蔵は腰を浮かした。

「茶にしやしょうか。それとも酒にしやすか」

「酒がいいな。冷《ひ》やで一杯もらおうか」

「かしこまりやした。どうぞ、お上がりなすって」

　直次郎を奥の六畳間に通すと、万蔵は散らかった部屋を手早く片づけて、台所から欠け茶碗二個と一升徳利《どくり》を持ってきた。

「あいにく酒の肴《さかな》を切らしちまって」

「なに、つまみなんか要らねえさ」

「どうぞ」

　と万蔵が酌《しゃく》をする。直次郎はそれを一口呑んで、

「おう、冷えてるじゃねえか」

「ついさっきまで井戸で冷やしておいたんで」

「こいつは何よりの馳走《ちそう》だぜ」

茶碗酒を酌《く》み交《か》わしながら、ひとしきり四方山《よもやま》話に花を咲かせたあと、直次郎がふと真顔になって、

「ところで万蔵、深川の料理人で、佐吉って名の男に心当たりはねえかい？」

「佐吉？　さあ――」

と万蔵は首をかしげた。

「そいつがどうかしたんで？」

「実はな」

茶碗酒を口に運びながら、直次郎はこれまでの経緯《いきさつ》をかいつまんで話した。

「へえ、『大津屋』の娘がねえ」

意外そうに目をしばたたかせる万蔵に、直次郎はいつになく怒りをあらわにして、

「悪い男に引っかかったのが身の不運、といっちまえばそれまでだが、世間知らずの十七歳の小娘を、そこまで追い込んだ佐吉って野郎も相当な悪《ワル》だぜ」

「まさか、旦那」

呑みかけの茶碗を畳《たたみ》の上に置いて、万蔵は探るような目で直次郎を見た。

「おきよって娘の意趣《いしゅ》返しをしようって魂胆《はら》じゃねえでしょうね」

「事と次第によっちゃな」

「旦那らしくねえや」

万蔵は苦笑いを浮かべた。

「らしくねえ？　どういうこった、それは」

「縁もゆかりもねえ娘に、なんでまたそんなに入れ込むんですかい？」

「縁はあるさ」

「へ？」

「おきよはおれの目の前で大川に飛び込んだんだぜ」

「けど、それは、たまたま旦那が――」

といいさす万蔵に、

「歳のせいか、近ごろおれも情にもろくなってな」

自嘲《じちょう》の笑みを浮かべながら、直次郎は茶碗酒をぐびりとあおり、

「あの娘の顔が頭から離れねえんだ」

「『歳のせい』はねえでしょう。旦那はあっしより十《とお》も若いんですぜ」

「ま、とにかく」

直次郎は茶碗に残った酒を一気に呑み干すと、

「佐吉って野郎がおきよにどんな悪さをしたのか、まずそれが知りてえんだ。すぐにとはいわねえが、心がけておいてもらえねえかい」

ふところから小粒（一分金《いちぶ》）を取り出して万蔵に手渡し、ゆったりと腰を上げた。

「もう、お帰りで？」

「ああ、冷や酒、うまかったぜ」


翌日の昼下がり――。

万蔵は女物の古着の小袖《こそで》を五着ばかり風呂敷に包んで、深川門前仲町《もんぜんなかちょう》の料理茶屋『よし乃《の》』に向かった。かねて顔なじみの『よし乃』の茶屋女から、何か出物があったら持ってきてくれと頼まれていたからである。

門前仲町の目抜き通り（通称・馬場《ばば》通り）の東はずれに『よし乃』はあった。黒船板塀《くろふねいたべい》をめぐらした数寄屋造りの小粋《こいき》な店構えで、料理茶屋というよりは、やや規模の大きな小料理屋といったたたずまいである。

店の横の路地から裏手に廻り、勝手口から中に入ると、顔見知りの女中が中廊下の奥の女部屋に案内してくれた。

「お待ちしてましたよ、万蔵さん」

　四人の茶屋女が満面の笑みで、万蔵を迎え入れた。四人ともまったく化粧っ気《け》のない素《す》っぴんで、しかも緋色《ひいろ》の長襦袢《ながじゅばん》一枚というあられもない姿である。

「気に入ってもらえるかどうかわからねえが――」

　万蔵は背負っていた風呂敷包みを下ろして、女たちの前に広げた。

「一応選《え》りすぐりの品を持ってきやしたよ」

　四人の女たちは目の色を変え、先を争うように古着の小袖を手に取って品定めをしはじめた。深川の茶屋女といっても、よほどの売れっ妓《こ》でないかぎり、茶屋からもらえる給金は高がしれていた。新品の着物を買えるのは、年に一度か二度ぐらいで、座敷用の衣裳《いしよう》のほとんどは古着でまかなっているのである。

「これなんかどう？」

「ちょっと地味じゃないかしら」

「じゃ、こっちは？」

「そのほうが姉さんには似合うわ」

　などといいながら、古着の品定めに夢中になっている女たちを尻目に、万蔵は煙草《たばこ》入れから煙管《きせる》を取り出して、のんびり煙草をくゆらせはじめた。

ひとしきり品定めが終わったあと、四人の中で一番年長のおくみという女が、

「じゃ、これをもらおうかしら」

と小袖を一枚手に取った。ほかの三人は気に入った品がなかったらしく、広げた着物を畳んで風呂敷にもどしている。

「おいくらなの？　これ」

「三百文、といいてえところだが、二百五十にまけておきやすよ」

「もう少し安くならない？」

「いやあ、これが一杯いっぱいで――」

「お願い。もう一声」

おくみが懇願《こんがん》するように手を合わせた。万蔵は苦笑して、

「おくみさんには敵《かな》わねえなあ。わかりやした。二百で手を打ちやしょう」

「ありがとう」

おくみから代金を受け取り、残りの古着を風呂敷に包み直しながら、

「ところで」

と万蔵が思い出したようにいった。

「佐吉って料理人に心当たりはねえかい？」

「佐吉？　さあ、聞かない名だけど——」

おくみが首をかしげながら、ほかの三人の女を返り見て、

「あんたたち、知ってる？」

「ううん」

三人の女もかぶりを振った。

「どこのお店で働いてる人？」

「それが、くわしいことはわからねえんで」

「深川といっても広うござんすからねえ。その佐吉って人が何か？」

探るような目で訊くおくみに、

「いや、別に——」

と言葉を濁しながら、万蔵は風呂敷包みを背負い、

「また何か出物があったら持ってきやすよ」

いいおいて、部屋を出て行った。

門前仲町の馬場通りは、あいかわらずの混雑である。

永代寺《えいたいじ》や富岡八幡宮《とみおかはちまんぐう》に詣《もう》でる人々、買い物目当ての婦女子、物見遊山《ものみゆさん》の一団、遊び客など、一時《いっとき》たりとも人の流れが途切れることがない。

「万蔵さん」

人混みの中でふいに呼び止められた。

振り向くと、白髪《しらが》頭の小柄な男が足早に歩み寄ってきた。

「よう、彦《ひこ》さん」

深川冬木《ふゆき》町で贓物《ぞうぶつ》屋をいとなんでいる彦兵衛《ひこべえ》である。商家の隠居ふうのおだやかな人相の老人だが、その眼光は炯々《けいけい》と鋭く、物腰にも隙《すき》がない。

ちなみに贓物屋とは、盗品や抜け荷（密輸）の品を闇で売り買いする商《あきな》いのことで、万蔵も何度か彦兵衛の店から盗品の古着を仕入れたことがある。

「おひさしぶりで」

彦兵衛がぺこりと頭を下げた。

「ああ、すっかり無沙汰《ぶさた》しちまって。おめえさんも元気そうだな」

「おかげさまで。仕事ですかい？」

「ああ、ちょうどいいところで会った――」

万蔵は往来の人波にちらりと目をやって、彦兵衛を路地の日陰に連れ込んだ。

「おめえさん、佐吉って料理人を知ってるかい？」

「佐吉ねえ」

稼業が稼業だけに、彦兵衛は深川の裏社会にも精通しているが、佐吉という名の男にはまったく心当たりがないという。

「何しろ、深川は人の出入りが激しいもんで。ひょっとしたら、最近流れてきた渡りの料理人かもしれやせんよ」

「かもしれねえな」

「何なら、心当たりを探してみやしょうか」

「いや、わざわざおめえさんの手をわずらわせるほどのことじゃ――」

「遠慮にはおよびやせんよ。人探しぐらいはおやすい御用で」

彦兵衛はくわしい事情を聴こうともせずに、

「三日後にあっしの店にきておくんなさい。それまでには調べておきやすよ」

といい残して、人混みの中に消えて行った。

3

番場町の店にもどり、板敷きに積まれた古着の山を片付けはじめたときである。

「ごめんください」

と、か細い女の声がして、三和土に影がさした。

振り返って見ると、大きな風呂敷包みを抱えた若い娘が店先に立っていた。

身なりは粗末だが、色白の細面《ほそおもて》で目鼻立ちのととのった美形である。

「古着の用かい？」

万蔵がいぶかる目で訊くと、

「はい」

と娘は硬い表情でうなずき、

「女物の小袖を三枚持ってきました。買っていただけませんか」

「一応品物を見せてもらおうか。さ、入んなさい」

万蔵にうながされて、娘はおずおずと中に入り、抱えていた風呂敷包みを上がり框《がまち》に置いた。包みの中身は、江戸小紋の正絹《しょうけん》の小袖三枚である。いずれも娘の粗末な身なりとは不釣り合いな、かなりの上物である。

「ほう、これはおまえさんが着るような物じゃねえな」

「はい、母の着物です」

「てえと、おっ母《か》さんから頼まれてきたのかい？」

「はい」

「おまえさん、歳《とし》はいくつだね？」

「十六です」

「ほう」

万蔵の口から思わず吐息が洩《も》れた。十六にしては顔も体つきも大人びている。

「念のために、名前と住まいを聞いておこうか」

「お園《その》と申します。住まいは本所入江《いりえ》町の弥兵衛店《やへえだな》です」

「で、いくらで売りたいんだね？」

「できれば、二朱ぐらいで——」

「二朱か」

万蔵は腕組みをして考え込んだ。お園のいい値が高過ぎたからではなく、むしろ安過ぎたからである。

三枚の小袖はいずれも正真正銘の絹織物である。仕立てもしっかりしているし、色あせや染み、ほころびもなく、見た目には新品同様だった。これだけの上物なら、どう安く見積もっても一枚一両は下らないだろう。

「どうやら、よっぽど切羽《せっぱ》詰まった事情があるようだな」

「…………」

「よかったら、わけを話してくれねえかい」

お園はちょっとためらうような表情を見せながらも、

「おっ母さんが病で臥《ふ》せってしまって、治療《ちりよう》にお金がかかるんです」

と消え入りそうな声でいった。

「お父《と》っつあんはどうしてるんだい？」

「二年前に亡くなりました」

お園の話によると、父親の松次郎《まつじろう》は腕のよい大工だったが、二年前の秋、普請《ふしん》場《ば》の屋根から落ちて死んでしまったという。

そのとき松次郎は、働き盛りの三十七歳だった。

悲嘆《ひたん》に暮れる暇《ひま》もなく、母親のおひろは生計を立てるために、翌日から尾上町《おのえ》の料理屋に働きに出た。

それから一年半、昼間は水仕女《みずしめ》として板場の賄《まかな》い仕事、夜は仲居《なかい》として配膳や客の相手をし、昼夜を分かたず働きつづけてきたおひろだったが、その無理が祟《たた》ったのだろう、半年ほど前に突然体調を崩して、病の床に臥せってしまったのである。

「じゃ、いまは、おまえさんが働いて？」

生計を立てているのか、と万蔵が訊いた。

「おっ母さんがつとめていた尾上町の料理屋で下働きをしています。でも――」

お園は悲しそうに目を伏せた。

「あたしの給金だけじゃ、とてもおっ母さんの治療代までは払えないので」

思いあぐねた末に、母親の了解を得て着物を売りにきたという。

「そうかい。そりゃ気の毒な話だ。よし、わかった。おまえさんの孝心《こうしん》に免じて、三枚まとめて一両で買ってやろう」

「一両！」

お園は目を丸くした。

「なに、驚くことはねえさ。この着物は上物《じょうもの》だ。それだけの値打ちは十分ある」

いいながら、万蔵は、

(どう見ても、こいつは大工の女房が着るようなものじゃねえ)

と不審に思い、

「おまえさんのおっ母さんは、この着物をどこで手に入れたんだい？」

とさり気なく訊いてみた。

「若いころから持っていたそうです」

「若いころから？　てえと所帯を持つ前のことかい？」

「ええ、おっ母さんは武州《ぶしゅう》川越《かわごえ》の造り酒屋の一人娘だったんです」

「へえ」

と万蔵は意外そうに目を細めた。

「あたしが生まれる二年ほど前の話ですけど――」

着物が予想外の高値で売れたせいか、先刻とは打って変わって、お園の表情は和《やわ》らいでいる。ときには微笑さえまじえて、問わず語りに母親の過去についてぽつりぽつりと語りはじめた。それによると、母親のおひろは、十八のときに店に出入りしていた大工の松次郎と恋に落ち、親の反対を押し切って江戸へ駆け落ちをしたそうである。

当時、おひろには親同士がいい交わした許婚《いいなずけ》がいたのだが、おひろは意に染《そ》まぬ縁組に反発して松次郎のもとに走ったのである。

そのとき実家から持ち出したのが、おひろが嫁《とつ》ぐ日のためにと、両親が金に糸目をつけず作ってくれた三枚の小袖だった。

「それ以来、この着物には一度も袖を通したことがないって、おっ母さん、そういってました」

「なるほど、そんな経緯《いきさつ》があったのかい」

万蔵は深くうなずき、

「道理で素性のいい品物だと思ったよ」

あらためて三枚の小袖をまじまじと見ながら、かたわらの銭箱から小判を一枚取り出して、お園の前に置いた。

「話はわかった。さ、これを持って行きな」

「本当にいいんですか。こんなに沢山いただいて」

「いいってことよ。おっ母さんを大事にな」

「ありがとうございます」

上がり框に額《ひたい》をこすりつけんばかりに低頭すると、お園は小躍《こおど》りするように店を出て行った。そのうしろ姿を見送りながら、

「仙波の旦那じゃねえが、近ごろ、おれも情にもろくなったぜ」

ぼそりとつぶやいて、万蔵は苦笑いを浮かべた。

本所入江町は、夜鷹《よたか》（私娼）と時の鐘で知られる貧民街である。

南に竪川《たてかわ》、北に本所割下水《わりげすい》、東に横川《よこかわ》が流れているために、とくに夏場は湿気が多く、小家が密集するじめじめした路地には、四六時中饐《す》えた匂いと息苦しいほどの暑気が立ち込めている。そんな土地柄である。

時の鐘の鐘撞堂《かねつきどう》は町の南はずれにあり、俗にそのあたりは鐘の下と呼ばれていた。お園が住んでいる弥兵衛店は、その鐘の下にあった。六畳一間の棟《むね》割り長屋である。

「ただいま」

と障子戸を引き開けて中に入ると、部屋の奥の粗末な夜具に横たわっていた女が、ゆったりと体を起こし、

「お帰りなさい」

笑みを浮かべてお園を迎え入れた。母親のおひろである。歳は三十六。やや面《おも》やつれはしているが、いかにも育ちのよさそうな上品な顔だちをしている。

「どう？　売れたの」

「売れたわよ」

声をはずませながら、お園は部屋に上がり、おひろの前に小判を置いた。

「まあ、一両も――」

「古着屋のご主人がとってもいい人で、事情《わけ》を話したら、それは気の毒なことだといって、まとめて一両で買ってくれたの」

「そう」

「これで当分お薬代にも困らないわね」

いいながら、お園は土間に下りて、竈《かまど》に火を熾《おこ》しはじめた。

「お園ちゃん」

「え？」

「ごめんね。あんたにまで苦労をかけてしまって」

「何いってるのよ、おっ母さん」

お園は笑ってみせた。

「散々《さんざん》苦労してきたのは、おっ母さんのほうじゃない。あたしを育てるために身を粉《こ》にして働きつづけてきたんだもの。それに比べれば、あたしの苦労なんて苦労のうちに入らないわよ」

「でもねえ、あんただって遊びたい盛りの年ごろなんだし――」

といいさすおひろへ、

「それより一日も早く病を治して、またもとの元気なおっ母さんにもどってもらわなくちゃ」

屈託《くったく》のない笑顔でそういうと、お園は夕飯の支度に取りかかった。

夕飯といっても、煮干しで出汁《だし》を取った汁に昼間の残り飯と青菜《あおな》、油揚げなどを入れて炊《た》き上げた味噌《みそ》仕立ての雑炊《ぞうすい》である。

それに香の物を添えて、二人は差し向かいで早めの夕食を取った。

食事を終えて、お園が身支度《みじたく》に取りかかったとき、七ツ（午後四時）を告げる時の鐘が鳴りはじめた。まるで雷鳴のような大音響である。窓の障子がびりびりと震えている。

この長屋に引っ越してきた当初、二人は時の鐘の大音響にずいぶんと悩まされたものだが、近ごろはすっかり慣れていた。

「じゃ、行ってきます」

「気をつけてね」

おひろの声に送られて、お園は長屋を出た。

竪川沿いの道を西へ向かってしばらく行くと、前方に賑《にぎ》やかな町並みが見えた。

東両国一の盛り場、尾上町である。

大川の東岸に位置するこの町には、水茶屋、待合茶屋、料亭、小料理屋、居酒屋などがひしめくように建ち並び、川向こうの両国にも引けを取らぬ活況を呈していた。

お園が働いている料理屋『みさと』は、尾上町の南はずれの竪川河口近くにあった。

平屋造りの小体《こてい》な店である。

母親のおひろが病で倒れたあと、お園は同じこの店で下働きをしているのである。

店の横の路地から、勝手口に廻り、木戸を引き開けて中に入った。

厨房では賄《まかな》いの女たちが、あわただしげに立ち働いていた。

「おう、お園ちゃん、待ってたぜ」

奥の板場で料理の仕込みをしていた初老の板前が振り向いて、

「すまねえが、使いに行ってもらえねえかい」

「買い物ですか」

「ああ、昆布《こんぶ》と干し椎茸《しいたけ》を買ってきてもらいてえんだが」

「わかりました」

板前から代金を受け取ると、お園は松井《まつい》町一丁目の乾物《かんぶつ》屋に向かった。

西の空が茜《あかね》色に染まりはじめている。

暮れなずむ町を、一日の仕事を終えたお店者《たなもの》や行商人、職人、人足《にんそく》などが陽炎《かげろう》のように気だるげに行き交っている。

松井町の乾物屋で買い物を済ませ、竪川に架かる一《ひと》ツ目《めの》橋を渡ったときだった。

「よう、姉ちゃん」

ふいに背後でだみ声がして、二人の男が足早に近づいてきた。

一人はずんぐりした猪首《いくび》の男、もう一人は痩身《そうしん》の髭面《ひげづら》の男。いずれも垢《あか》じみた、薄汚い身なりの男である。どこかで安酒でも食らってきたらしく、二人とも目のふちを赤く染め、熟柿《じゅくし》臭い息を吐き散らしている。

「何か?」

お園は怯《おび》えるような目で二人を見た。

「このへんで、安い酒を呑ませる店は知らねえかい」

「知りませんね」

そっけなく応《こた》えて立ち去ろうとすると、猪首の男がいきなりお園の腕をつかん

で、

「見たところ、どこぞの呑み屋の小女《こおんな》のようだが、よかったら、おめえの店に案内してくれねえかい」

「あたし、急いでるんです。放してください」

必死に男の手を振り払おうとするが、髭面の男がぐいとその肩を引き寄せて、ねぶるような目でお園の顔をのぞき込んだ。

「へへへ、姉ちゃん、なかなかのべっぴんじゃねえか。ちょいとおれたちに付き合わねえかい」

「お願いです。放してください」

「別に煮て食おうってんじゃねえんだ。酒の相手をしてもらいてえだけの話よ」

「堪忍してくださいな。あたし、お酒なんか呑めないんです」

「ま、ま、いいじゃねえか。四の五のいわずについてきな」

二人の男が強引にお園の手を取って連れ去ろうとしたときである。ふいに、

「おめえたち、いい加減にしねえか」

凛《りん》とした声がひびいて、二人の前に若い男が立ちはだかった。

格子縞《こうしじま》の広袖《ひろそで》に三尺帯《おび》、日和下駄《ひよりげた》という伊達《だて》ないでたち。色が浅黒く、彫りの

深い端整《たんせい》な面立ちをした二十五、六の男である。

「な、なんだ、てめえは！」

猪首の男が気色《けしき》ばんだ。

「娘は嫌がってるんだぜ。放してやれよ」

「若造、利《き》いたふうな口を叩くんじゃねえぜ！」

吼《ほ》えるなり、髭面の男が猛然《もうぜん》と殴りかかった。

次の瞬間、若い男はひょいと体をかわし、髭面の右手を取ってひねり倒した。

ドタッと地面にしたたかに叩《たた》きつけられた髭面を見て、

「や、野郎！」

と猪首の男が躍りかかった。若い男はこれも手もなくかわし、勢い余ってたたらを踏む男の股間を思い切り蹴り上げた。

ギャッと悲鳴を発して、猪首の男はへたり込んだが、すぐに立ち上がって、かたわらに倒れ伏している髭面の男を助け起こし、

「ち、畜生《ちくしょう》、覚えてやがれ！」

と捨て台詞《ぜりふ》を残して、一目散に走り去った。若い男はそれを横目に見やりながら、何事もなかったようにお園のそばに歩み寄り、

「怪我《けが》はねえかい？」

「ええ、おかげさまで。ありがとうございます」

はにかむような表情で、お園は頭を下げた。

「おまえさん、この近くで働いているのかい」

「尾上町の『みさと』という料理屋です。お園と申します」

「そうかい。気をつけて帰んなよ」

「あ、あの——」
二、三歩追いすがって、お園が名前を訊ねようとすると、
「名乗るほどのもんじゃねえさ」

男は涼しげな微笑を残して、足早に立ち去って行った。

4

——三日後にあっしの店にきておくんなさい。

贓物屋の彦兵衛がそういったことを、仕事にかまけてすっかり忘れていた万蔵は、夜になって卒然《そつぜん》と思い出し、

（いけねえ、今日がその三日目だ）

と、あわてて身支度をととのえ、深川に向かった。

彦兵衛の店は、仙台堀《せんだいぼり》の南岸の掘割通りに面した冬木《ふゆき》町にある。間口二間ほどの小さな店で、屋号は『琥珀《こはく》屋』。表向き『古物商い』の看板をかかげてはいるが、本業はあくまでも贓物の売買である。

今年五十の坂を越えた彦兵衛は、三年前に連れ合いと死に別れ、それ以来やもめ暮らしをしている。三度の食事の世話や洗濯などは、近所の婆さんに頼んでいるという。

店の大戸はすでに下りていた。

「こんばんは」

戸を叩きながら、万蔵は中に低く声をかけた。が、応答はなかった。

「彦さん、あっしだ。番場町の万蔵だ」

何度も戸を叩いたが、一向に人が出てくる気配がない。

不審に思って、くぐり戸に手をかけると、かすかなきしみ音を発して戸が開いた。

万蔵は素早くあたりに目をやって、くぐり戸から中に体をすべり込ませた。

屋内は真っ暗闇である。

「彦さん、彦さん」

土間に立って、もう一度声をかけてみたが、やはり応答はなかった。

時刻は五ツ（午後八時）ごろである。床につくにはまだ早いし、酒の呑めない彦兵衛がこんな時刻に外出するとも思えなかった。

手さぐりで行燈《あんどん》を探し出すと、万蔵は火打ち石を切って行燈に灯《ひ》を入れた。

淡い明かりに照らし出された板間には、高麗物《こうらい》の陶磁器《とうじき》や見事な象嵌細工《ぞうがんざいく》の厨子《ずし》、虎の皮、武具などがところせましと並べられている。

行燈の火を手燭《てしょく》に移して板間に上がり、帳場のわきの小廊下から奥の部屋に向かった。

人の気配はおろか、物音ひとつ聞こえない。なんとなく不吉な予感にとらわれながら、万蔵は襖の引手《ひきて》に手をかけて、静かに引き開けた。その瞬間、

（あっ）

と息を呑んで、万蔵は立ちすくんだ。

畳の上に血まみれの彦兵衛が倒れている。喉《のど》に刃物で切り裂かれたような傷があり、部屋の中は一面血の海と化していた。

帳付けをしている最中に何者かに襲われたのだろう。文机《ふづくえ》の上の帳簿が開いたままになっており、畳の上には筆が転がっている。

（なんてこったい）

棒立ちになったまま、万蔵は凝然《ぎょうぜん》と部屋の中を見廻した。争ったような跡も、物色された形跡もない。物盗《ものと》りの仕業《しわざ》でないことは一目瞭然《いちもくりょうぜん》だった。

何か仕事上の争い事でもあったのだろうか。

一瞬、そう思ったが、万蔵はすぐその考えを打ち消した。彦兵衛は温厚篤実《おんこうとくじつ》な人柄で、商売仲間の信頼も厚く、人の怨《うら》みを買うような男ではない。

「この商売のコツは敵を作らねえことですよ」

常々、彦兵衛はそういっていた。だからこそ御禁制の贓物の商いを三十年近くもやって来られたのである。

（ひょっとすると……）

万蔵の脳裏に稲妻《いなずま》のようにひらめくものがあった。

（佐吉って野郎の仕業かもしれねえ）

直観《ちょっかん》だった。佐吉は彦兵衛が自分の行方《ゆくえ》を捜していることを、どこかで知ったのではないか。それで先手を打ったに違いないと万蔵は確信し、あらためて彦兵衛の死体に目をやった。

殺されてまだ間がないのだろう。喉の傷口からどくどくと音を立てて血が流れ出し、吐き気をもよおしたくなるような濃厚な血臭《けつしゅう》が部屋じゅうに充満している。

「彦さん、成仏《じょうぶつ》してくんな」

死体に手を合わせて、立ち上がろうとしたとき、

（おや？）

万蔵の目がふと彦兵衛の右手に留《と》まった。

血まみれの人差し指が畳の上を指している。そこに血で記された三本の筋があった。

明らかに彦兵衛が何かを伝えるために死の直前に書き残した符丁《ふちょう》である。

（三本筋か――）

それが何を意味するのか、にわかには理解できなかった。見ようによっては『川』の字にも読めるし、『三』の字にも読める。いずれにせよ、この符丁が下手人を割り出す重要な手がかりになることだけは確かだった。

「おまえさんの無念は、このおれがかならず晴らしてやるからな」

つぶやきながら、もう一度彦兵衛の死体に手を合わせると、万蔵はひらりと身をひるがえして部屋を飛び出した。

いつにも増して寝苦しい夜だった。

まったくの無風である。軒端《のきば》に吊るした風鈴はチリンとも音を立てず、家の中には蒸《む》すような暑気がこもっている。

仙波直次郎は、居間の濡れ縁《えん》に胡座《こざ》し、一人黙然《もくねん》と猪口《ちょこ》を傾けていた。

五ツ半（午後九時）ごろ、いったん床についたのだが、なかなか寝つかれず、寝間《ねま》を抜け出して一杯やりはじめたところだった。

「ちっ」

ふいに舌打ちを鳴らし、直次郎は苛立《いらだ》たしげに手を振った。

耳障《ざわ》りな羽音を立てて、蚊《か》がまとわりついてきたのである。

ぱちん。

と平手で首を打った。たっぷり血を吸った蚊が手のひらでつぶれている。

「油断も隙《すき》もねえ」

蚊に刺された首筋をぼりぼりかきながら、

（蚊遣《かや》りを焚《た》くか）

と腰を上げたとき、庭の片隅でポトリと何かが落ちる音がした。

「？」

目を凝らして見たが、別に変わった様子はなかった。

庭木の実でも落ちたのだろうと、気にもせずに居間の奥へ立ち去ろうとすると、またポトリと音がして、濡れ縁の前に小石が転がった。

直次郎の目がぎらりと光った。

何者かが塀の外から小石を投げ込んだのである。

直次郎は踵《きびす》を返して居間を出ると、忍び足で奥の寝間に向かい、襖をそっと引き開けて中をのぞき込んだ。

蚊帳《かや》の中で妻の菊乃が安らかな寝息を立てている。

それを見届けると、直次郎は静かに襖を閉めて、玄関に向かった。

外は手燭の明かりもいらぬほどの星月夜《ほしづきよ》だった。

直次郎は木戸門を引き開けて、表に出た。

組屋敷のすぐ前には掘割《ほりわり》が流れており、その堀に沿って道が東西に延びている。

掘割の両岸には町奉行所与力・同心の組屋敷がずらりと立ち並んでいるが、どの屋敷もすでに明かりを消してひっそりと寝静まっていた。

直次郎は木戸門の前に立って、塀ぎわの闇溜まりに目をやった。

「万蔵か」

「へい」

と低く応えて、闇溜まりから万蔵がうっそりと姿を現し、

「夜分、恐れ入りやす」

ぺこりと頭を下げた。直次郎は素早《すばや》く四辺に視線をめぐらすと、

「話は歩きながら聞こう」

あごをしゃくって、掘割沿いの道を東に向かって歩き出した。

そのあとにつきながら、万蔵は先刻の事件の一部始終を淡々と語りはじめた。

直次郎はゆったりと歩を運びながら黙って聞いている。

一通り事件の概要を説明したあと、万蔵が、

「下手人《げしゆにん》は佐吉って野郎に違いありやせん」

きっぱりといい切った。

「――つまり」

直次郎はぞろりとあごを撫でた。

「彦兵衛に居所を突き止められる前に、野郎が先手を打ったってわけか」

「あっしは、そう見てるんで」

「だとすると、万蔵」

先を行く直次郎が、足を止めて振り返った。

「どうやら、佐吉ってのは、ただの女たらしじゃなさそうだな」

「きっと何か後ろ暗い事情《わけ》を抱えてるに違いありやせん」

「うむ」

うなずいて、直次郎はふたたび歩き出した。万蔵が歩調を合わせながら、

「旦那から佐吉探しを頼まれたときは、正直、あっしもあまり乗り気じゃなかったんですがね。けど、いまは考えが変わりやしたよ」

「どう変わったんだ？」

「意地でも佐吉を探し出して、彦兵衛の仇《かたき》を討ってやろうと」

「本腰を入れる気になったか」

「へい。そうしなきゃ、あっしの腹の虫がおさまらねえんで」

めずらしく万蔵の声には怒りがこもっている。

「何か手がかりでもあるのか」

直次郎に問い返されて、万蔵は思わず額に手をやった。彦兵衛の死体のそばに記されていた血文字の件をいい忘れていたことに気づいたのである。あらためてそのことを話すと直次郎は腕組みをして考え込んだ。

「三本筋か――」

「『川』の字か、『三』の字じゃねえかと思うんですが」

「ひょっとすると、万蔵」

直次郎は、また足を止めて振り向いた。

「佐吉の奉公先の屋号かもしれねえぜ。川村屋《かわむら》とか三州屋《さんしゅう》とかな」

「へえ。実はあっしも同じことを考えていたんで。『川』の字と『三』の字がつく店を片っぱしから洗ってみようかと」

「だがな、万蔵。深川には何千何百という店があるんだぜ。おめえ一人で洗い出すのは容易なことじゃねえだろう」

「多少の手間ひまは覚悟の上でござんすよ」

「半の字の手を借りたらどうだ？」

「半次郎の手を？」

「この事件《やま》は思ったより根が深そうだ。事情《わけ》を話せば半の字だって嫌とはいわねえだろう。場合によっちゃ〝裏の仕事〟になるかもしれねえぜ」

「わかりやした。さっそく頼んでみやすよ。じゃ、ごめんなすって」

一礼すると、万蔵は風のように闇の深みに走り去った。

5

翌早暁《そうぎよう》。

白い朝靄《あさもや》が立ち込める大川の川面を、一艘の猪牙舟《ちよきぶね》が滑るように走っていた。

櫓《ろ》を漕《こ》いでいるのは半次郎である。

東の空が白々と明けそめ、あちこちで鶏《にわとり》の声がひびきはじめた。

朝靄の奥に薄《うつす》らとにじみ立つ深川の家並みが、さながら水墨画のように淡い景観をかもし出している。

やがて猪牙舟は、深川佐賀町の入堀《いりぼり》に入って行った。

堀の両岸の通りには、早出《はやで》の職人や人足たちがちらほらと行き交っている。

ほどなく堀川町の船着場に着いた。舟を桟橋《さんばし》の杭《くい》につなぐと、半次郎は船着場の石段を上って、掘割通りを東に向かって歩きはじめた。

二丁ほど行ったところで、路地を左に折れた。

軒の低い小家が立ち並ぶ細い路地である。その路地の奥まったところに、黒文《くろも》字垣《じがき》をめぐらした小粋な仕舞屋《しもたや》があった。

あたりに人影がないのを見定めると、半次郎は足早に網代《あじろ》門をくぐっていった。

「おはようございます」

玄関に立って中に声をかけると、奥から、

「半次郎か。入りなさい」

と嗄《か》れた声が返ってきた。

半次郎は雪駄《せった》を脱いで上がり、正面の障子を静かに引き開けた。そこは四畳半ほどの部屋になっており、さらにその奥に襖で仕切られた部屋があった。

「どうしたのだ？　こんな朝早くから」

奥の部屋から出てきたのは、五十前後と見える初老の男である。鳶茶《とびちゃ》の単衣《ひとえ》に濃紺の絽《ろ》の十徳《じっとく》を羽織り、白髪まじりの総髪をうしろで束《たば》ねている。一見したところ町儒者《まちじゅしゃ》のような風体《ふうてい》だが、実はこの男が「闇の殺し人」の元締め・寺沢弥五左衛門なのだ。

「昨夜、万蔵さんが訪ねてまいりまして」

弥五左衛門の前に膝《ひざ》をそろえて正座すると、半次郎は万蔵から依頼された件を訥々《とつとつ》と話しはじめた。弥五左衛門は腕組みをして、目を閉じたままじっと聞いていたが、半次郎が話し終えると、細い目をふっと開いて、

「いいだろう」

ぽつりといった。

「では、引き受けてもよろしいんで？」

「仙波さんと万蔵さんが目をつけた事件だ。きっと裏に何かあるに違いない。手伝ってやりなさい」

「かしこまりました」

一礼して立ち上がろうとすると、弥五左衛門が、

「飯は済んだのかい？」

と訊いた。

「いえ、まだ」

「ちょうど飯が炊き上がったところだ。うまい鯵《あじ》の干物《ひもの》もある。一緒にどうか

ね？」

「はい。では遠慮なく」

二人は手分けして朝餉《あさげ》の支度に取りかかった。

半次郎が土間の七輪で鯵の干物を焼き、弥五左衛門が味噌汁《みそしる》を作った。

文字どおり一汁一菜の質素な朝食である。それを膳に並べて、二人は差し向かいで食べはじめた。

「この鯵の干物はね、佃島《つくだじま》の漁師から買ったものなのだよ。塩加減といい、脂《あぶら》の乗り具合といい、江戸ではここの干物が一番うまい」

弥五左衛門のうんちくに耳を傾けながら、半次郎は黙々と箸《はし》を運んでいる。

「これさえあれば何杯でも飯が進む。たんと食べて行きなさい」

「もう十分いただきました。先生、お代わりは？」

「いや、わたしももう十分いただいた」

「では、お茶を淹《い》れてまいりましょう」

手早く食事の後片付けを済ませ、半次郎が茶を淹れてきた。それを飲みながら、ひとしきり世間話に花を咲かせたあと、半次郎は丁重に礼をいって退出した。

それから半刻（一時間）ほどたったときである。裏口の戸が開く音がして、

「丸菱屋《まるびし》でございます」

と低い男の声がした。奥の書斎で書き物をしていた弥五左衛門が、その声に応じて「お入りなさい」というと、五十年配の恰幅《かっぷく》のよい商人ふうの男がひっそりと入ってきた。

日本橋尾張《おわり》町の板元《はんもと》『丸菱屋』の主人・久兵衛《きゅうべえ》である。

「おひさしぶりでございます」

久兵衛が書斎の敷居ぎわに両手をついて頭を下げた。したたかな面構えとは裏腹に、久兵衛の物腰はあくまでも低い。

「あんたも元気そうだな」

「おかげさまで。例の物をお持ちいたしました」

と弥五左衛門の前に膝を進め、久兵衛は持参した袱紗《ふくさ》包みを広げた。

中身は切餅《きりもち》三個（七十五両）である。

「ほう、今回は七十五両か」

「半年分の稿料でございます」

「すまんのう、わざわざ足を運ばせて」

「どういたしまして。先生のご著書のおかげで、手前どももたっぷり儲けさせていただいております」

このやりとりからも明らかなように、寺沢弥五左衛門はただの浪人儒者ではない。

本名は寺門静軒《てらかどせいけん》。江戸で大評判となった『江戸繁昌記《はんじょうき》』の著者である。

『江戸繁昌記』は表題が示すとおり、江戸の繁昌を活写した随筆《ずいひつ》だが、単にその表層を描いただけにとどまらず、江戸の繁華《はんか》を創り出した根底をとらえ、それを鋭くえぐり出した文明批評になっているのである。

天保三年（一八三二）、静軒三十七歳のときに第一編が刊行されて大評判を取り、天保五年には第二編、第三編、同六年に第四編、同七年に第五編が刊行されたが、幕府の文教をつかさどる林大学頭《はやしだいがくのかみ》述斎《じゅつさい》から、

「敗俗《はいぞく》の書である」

と指弾されて発禁処分となり、寺門静軒は江戸を追われた。

ちなみに林述斎は、南町奉行・鳥居耀蔵の実父である。

静軒が江戸を追われたあと、巷《ちまた》には武州や上州《じょうしゅう》、信州、越後《えちご》などを放浪していると噂が流れたが、実は数年前にひそかに江戸に舞いもどり、寺沢弥五左衛

門の変名を使って深川で隠棲していたのである。

『江戸繁昌記』は発禁処分になったあとも、幕府の厳しい取り締まりの目をくぐって地下出版され、版を重ねて明治まで刊行されたという。

板元は、むろん丸菱屋である。

その丸菱屋から半年ごとに届けられる巨額の稿料が、寺沢弥五左衛門こと寺門静軒の潤沢《じゆんたく》な資金となり、「闇の殺し人」たちの仕事料に当てられていたのである。

「では、有り難くちょうだいつかまつる」

と金子《きんす》を押しいただく弥五左衛門へ、

「ところで、先生」

久兵衛があらたまった表情で、

「鉄砲洲の天応院という寺をご存じでございますか」

「天応院？　いや、知らんな。その寺がどうかしたのか？」

「目下、巷では大変な評判を呼んでおりましてね」

「評判、というと？」

「住職の加持祈禱を受けると業病平癒《ごうびようへいゆ》、家運隆盛《りゆうせい》、金運招来、商い繁昌、いかなる願掛けもたちどころに叶えられるともっぱらの噂でして」

「ほう」

「手前のような不信心者からみれば、いささか眉唾《まゆつば》のような気もするのですが、先生はこの話、どう思われますか？」

「鰯《いわし》の頭も信心からと申すからな。それだけ悩める人々が多いということだろう」

といいつつ、弥五左衛門はいぶかるような目で、

「しかし、なぜ、わたしにそんな話を？」

「いえ、実は、天応院の噂話を聞いたときに、『江戸繁昌記』の第一編にお書きになられた、売卜者《ばいぼくしゃ》（易者《えきしゃ》）についての一文を思い出しましてね」

その一文とは、概略、以下のようなものである。

〈人が多いと事が多い。事が多いと惑《まど》いが多い。だから、占いの店の数がどうしても多いのである。売卜者は依頼する者があると呪言《じゆげん》を唱えたり、念仏《ねんぶつ》や題目を称し、筮竹《ぜいちく》で卦《け》を立てたりしながら、依頼者の容貌や衣服を観察し、心の中でそれが都の人なのか田舎《いなか》者なのかを判断する。そして「あなたはいままで運がよくなかった。今年の何月ごろになると好運が向いてくるだろう」などと予言する。

言葉一ついうにも、顔つき一つするにも、多く依頼者の顔色を見てする。ちょうど藪《やぶ》医者がかまをかけて患者の言葉から病の原因をつかむやり方と同じである〉

売卜者を一刀両断に切り捨てる一方、静軒はこうも述べている。

〈これは何も易者だけだろうか。武士が賄賂《わいろ》によって重爵《じゆうしやく》を買い取り、媚《こ》びへつらって豊禄を受けるのは、主君を騙《だま》すことではないか。儒者が口では聖人の書物を説きながら、商人と同じ行いをしているのは、世の中を騙すことではないか〉

原文は漢文体だが、いかにも静軒らしい諧謔《かいぎやく》と風刺に満ちた痛快な語り口である。

「あれはなかなかの名文でございましたよ」

「そういわれると面《おも》はゆいが――」

弥五左衛門は照れるような笑みを浮かべた。

「実際、読者からの反響も大《おお》きゅうございましてね。本も飛ぶように売れました。それにあやかろうというわけではございませんが、次にお書きなられるときは、ぜひ天応院の盛況ぶりを俎上《そじよう》に載せていただきたいと存じまして」

「なるほど。そういうことか」

弥五左衛門は得心がいったように深くうなずき、

「ま、確かに、人の心の弱みにつけ込むという点では、売卜者も生臭《なまぐさ》坊主もさほどの変わりはない。書くか書かぬかはともかく、天応院という寺がなぜそれほどまでに人の心を引きつけるのか、そのへんのところを見きわめる必要があるだろうな」

「差しでがましいことを申しましたが、一つよしなに」

平蜘蛛《ひらぐも》のように低頭すると、「人目につくといけませんので」といって、久兵衛はそそくさと出て行った。

第三章　からくり

1

江戸最大の遊里・深川は、細流《さいりゆう》や掘割《ほりわり》が網の目のように流れる「水の町」である。

〽猪牙《ちよき》でさっさ　行くのは深川通い
　上がる桟橋《さんばし》　あれわいさのさ
いそいそと　客の心は上《うわ》の空
飛んで行きたい　あれわいさのさ　ぬしのそば

と深川節にあるように、深川通いの遊び客たちはもっぱら舟を使っていた。それゆえ猪牙舟の船頭は、どこにどんな店があり、どんな妓《おんな》がいるか、揚《あ》げ代はいくらかなど、客に問われれば即座に答えられるほど、深川の遊里の事情に通暁《つうぎよう》していた。いわば彼らはガイド役も兼ねていたのである。

その夜の六ツ半(午後七時)ごろ——。

半次郎は両国橋の西詰の船着場で一人の武士を拾った。見るからに風采《ふうさい》の上がらない三十五、六の田舎《いなか》侍である。侍はただ漠然《ばくぜん》と深川へ行ってくれという。半次郎が、

「深川のどこに着けやしょうか」

と訊き返すと、

「どこでもよい。安く遊べる店に案内してくれ」

と武士はいった。

「遊びとおっしゃいやすと、酒ですか、女ですか」

「その両方だ」

「ご予算は?」

「ま、二朱がせいぜいだな」

深川には俗に「深川七場所」(仲《なか》町、土橋《どばし》、新地《しんち》、石場《いしば》、表櫓《おもてやぐら》、裾継《すそつぎ》、佃新《つくだしん》

地《ち》）と呼ばれる岡場所《おかばしょ》がある。安永《あんえい》三年（一七七四）に刊行された『九蓮品定《きゅうれんしなさだめ》』（岡場所番付）によると、江戸府内の岡場所の中でも「深川七場所」はもっとも格が高く、揚げ代の相場も一分以上したという。

それを聞いて武士は憤然《ふんぜん》となった。

「一分は高い。ほかにもっと安いところはないのか」

「二朱で遊べる場所となると、少々はずれになりやすが」

「かまわん。案内してくれ」

「承知しやした」

半次郎が案内したのは、永代寺門前町の東はずれにある三十三間堂《さんじゅうさんげんどう》町の岡場所だった。

その地名が示すとおり、ここには京都の蓮華王院《れんげおういん》を模《も》して創建された三十三間堂があり、昼間は弓の達人たちがこの堂で弓術の練習や通し矢を行っていた。

堂の周辺には、四六見世《しろくみせ》（夜四百文、昼六百文の店）や切見世《きりみせ》（いわゆるチョンの間遊びの店）、怪しげな水茶屋などが立ち並び、薄暗い路地のあちこちには姐《あね》さんかぶりの白首《しろくび》女が立っている。

「へい。お待ちどおさま」

三十三間堂の裏手で武士を降ろすと、半次郎は水棹《みさお》を操って大島《おおしま》川の西へ舟を進め、佃町の南岸の船着場で舟を止めて降りた。

蓬萊《ほうらい》橋を渡り、大島川の北岸をさらに西へ向かうと、前方にまばゆいばかりの町明かりが見えた。永代寺門前仲町の南裏手にある蛤《はまぐり》町である。

河岸《かし》通りに面して、妓楼《ぎろう》や水茶屋、待合茶屋、料亭、居酒屋などが軒をつらね、色とりどりの提灯や雪洞《ぼんぼり》、軒行燈《あんどん》が煌々《こうこう》と明かりを撒《ま》き散らしている。

町の一角にひときわ大きな二階建ての妓楼があった。唐破風《からはふ》の屋根に『三浦《みうら》屋』の屋号が記された木彫り看板がかかげられている。

それを見定めると、半次郎は近くの煮売屋の縄暖簾《なわのれん》をくぐった。

五坪足らずの狭い店である。奥の席で人足《にんそく》ふうの二人の男が、何やら声高に話し合いながら酒を酌《く》み交《か》わしている。

店の女房らしき中年女に冷《ひ》や酒を注文して、半次郎は戸口《とぐち》近くの席に腰を下ろした。

万蔵の依頼を受けて、『川』の字と『三』の字のつく屋号の店を探しはじめてから、すでに四日がたっていた。その間に半次郎が仕事の合間をみて調べ上げた店は二十六軒を数えたが、佐吉という名の男につながる情報は何も得られなかった。

「お待たせいたしました」

中年女が酒を運んできた。

「ちょいと訊きてえことがあるんだが」

「はい？」

「この先の『三浦屋』って妓楼に、佐吉って名の料理人はいねえかい」

「ああ、佐吉さんなら四日ほど前に辞めたそうですよ」

「辞めた？」

「くわしいことはわかりませんけどね。腕のいい料理人だったそうですから、どこかほかの店に引き抜かれたんじゃないでしょうか」

そういうと、女はせわしなげに板場のほうへ去って行った。

「辞めたか――」

冷や酒を手酌《てじやく》でやりながら、半次郎はぼそりとつぶやいた。

四日前というと、贓物屋の彦兵衛が殺された翌日である。下手人《げしゆにん》が佐吉だとすれば、町方の探索を逃れるために、江戸から姿をくらましたということも考えられる。

いずれにしても、彦兵衛が書き残した謎の血文字が、『三浦屋』の屋号の「三」の字であることが、これではっきりした。

一気に酒を呑み干し、卓の上に酒代を置いて煮売屋を出ると、半次郎はさらに探りを入れるべく『三浦屋』に足を向けた。すると、すかさず客引きの若い男がすり寄ってきて、

「兄さん、遊んでいかないかい」

と声をかけてきた。

「揚げ代はいくらだ?」

「三朱にまけときやすよ」

「いいだろう。案内してくれ」

「へい。どうぞ、どうぞ」

客引きの男は揉み手をしながら、半次郎を中にうながした。

「お客さんだ。頼んだよ」

と男が店の奥に声をかけると、帳場のわきの廊下から年増の仲居が飛び出してきて、半次郎を二階の座敷に案内した。そこにはすでに酒肴《しゅこう》の膳部が用意されており、次の間には艶《なま》めかしい夜具が敷きのべられている。

ほどなく女が入ってきた。二十八、九のややとうの立った女である。

女は、お常《つね》と名乗った。

「どうぞ」

と酌をしながら、お常は上目遣《うわめづか》いに半次郎を見やり、

「お客さん、はじめてですか」

「ああ、繁昌《はんじょう》してるな、この店は」

「おかげさまで」

「つかぬことを訊くが、この店に佐吉って料理人がいたそうだな」

「ええ、四日前に辞めましたけど、佐吉さんに何か？」

「知り合いに頼まれて、佐吉の居所を探してるんだ。心当たりはねえかい？」

「さあ、どこで何をしてるのやら――」

お常は小首をかしげた。

「知らねえか」

「辞めてから、とんと姿を見かけませんね」

「どんな男だったんだい？　佐吉ってのは」

「どんなって、腕のいい板前でしたよ」

「歳《とし》は？」

「二十五、六かしら。役者絵から抜け出したような男っぷりでしてね。うちの若い妓《こ》なんか、寄るとさわると佐吉さんの噂話をしてましたよ」

「所帯は持っていなかったのかい？」

「独《ひと》り身でしたよ。あれだけの男前ですからね。女には不自由してなかったみたいですよ」

いいながら、お常はしんなりと半次郎にしなだれかかり、

「お客さんもなかなかの男前じゃないですか。お名前は？」

「政次郎《まさじろう》だ」

とっさに変名を名乗った。

「ねえ、政次郎さん、お酒はそのぐらいにして、そろそろ――」

媚《こ》びるような笑みを浮かべて、お常は半次郎の手を取ったが、それを払いのけるようにして、

「せっかくだが、急に用事を思い出したんでな」

ふところから小粒を取り出してお常の手ににぎらせると、

「また寄らせてもらうぜ。釣《つ》りはとっときな」

いいおいて、半次郎は部屋を出ていった。そのとき、お常の目にきらりと剣呑《けんのん》な光がよぎったことに、半次郎は気づいていなかった。

蓬莱橋を渡ろうとしたときである。

背後にただならぬ気配を感じて、半次郎は振り返った。

四人の男が裾《すそ》をからげて突っ走ってくる。

いずれも凶暴な面がまえの破落戸《ごろつき》ふうの男である。

「あっしに何か用かい？」

半次郎は油断なく身構えた。

「おめえさん、佐吉の行方を捜してるそうだな」

一人がくぐもった声で訊いた。右頬《ほお》に五寸（約十五センチ）ほどの傷がある、肩幅の広い、がっしりした体軀《たいく》の男——卯之助《うのすけ》という地廻りである。

この男たちがなぜそのことを知っているのかと、一瞬、疑問に思ったが、半次郎はすぐにピンときた。お常が男たちに注進したに違いない。それ以外に考えられなかった。

「佐吉に何の用があるんだ」

「別に、大した用事じゃねえさ」

「とぼけるんじゃねえ」

わめくなり、卯之助は匕首《あいくち》を抜き放った。と同時に、三人の手下も匕首を引き抜き、半次郎のまわりを半円形に取り囲んだ。

「かまわねえから、やっちめえ！」

「おう」

一人が猛然《もうぜん》と切りかかってきた。半次郎はとっさに体を開いて切っ先《きさき》をかわすと、手刀《てがたな》で男の匕首を叩き落とした。そして、すぐさまその匕首を拾い上げて、右から突いてきた男の匕首をはね上げた。

きーん。

と鋼《はがね》の音がひびき、闇に火花が散った。

「野郎」

間髪《かんはつ》を容《い》れず、卯之助と手下の一人が、前後からほぼ同時に切りかかってきた。

さすがにこれはかわし切れなかった。

卯之助の切っ先をよけた瞬間、背後から切りつけてきた男の匕首が、半次郎の右肩を切り裂いたのである。肩に激烈な痛みが奔《はし》り、右手からぽとりと匕首が落ちた。

一瞬のその隙を、卯之助は見逃さなかった。

「死にやがれ！」

匕首を諸手《もろて》ににぎり、矢のように突進してきた。次の瞬間、半次郎は高々と跳躍して橋の欄干《らんかん》を飛び越え、暗い川面に身を躍《おど》らせた。

どぼん。

と水音がして、川面に無数の水泡《みなわ》が立った。

卯之助と三人の手下は、反射的に欄干に駆け寄り、川を見下ろした。水泡が消えて、淀《よど》んだ川面にかすかな波紋が広がっている。だが、半次郎の姿はなかった。

「見当たりやせんぜ」

手下の一人がいった。別の男が身をひるがえして橋の南詰に走り、袂《たもと》の石垣の上から橋の下をのぞき込んだが、そこにも半次郎の姿はなかった。

「橋の下にもおりやせん」

「畜生《ちくしょう》、どこに消えちまったんだ」

四人の男たちは川の両岸に散って、しばらく橋の周辺を捜し廻ったが、半次郎の姿は影も形もなく消えていた。

「おい、仙次《せんじ》」

卯之助が手下の一人を呼んだ。

「へい」

走り寄ってきたのは、半次郎に手傷を負わせた男である。

「野郎を突いたときの手応《てごた》えはどうだった？」

「十分でさ。かなりの深手を負ってるに違いありやせん」

「そうか」

「川底に沈んじまったのかもしれやせんぜ」

「とすりゃ、これ以上探しても無駄だ。引き揚げようぜ」

卯之助はあごをしゃくって、三人の手下をうながし、足早に去って行った。

それからほどなくして……、

佃町の船着場近くの川面に、突然、ぶくぶくと小さな水泡がわき立った。かと思うと、

バシャッ。

と水音を立てて、男が水面から顔を突き出した。半次郎である。

驚くべきことに、半次郎は蓬莱橋から東へおよそ一丁半（約百六十四メートル）のこの船着場まで、水に潜ったまま一度も息をつくことなく泳いできたのである。

顔の下半分を水につけたまま、あたりに人影のないのを見すました半次郎は、猪牙舟の縁《へり》に手をかけて這《は》い上り、手早くもやい綱をほどいて舟を押し出した。

右肩にべっとりと血がにじんでいる。櫓を漕ぐたびに右腕に激痛が奔った。

その痛みに耐えながら、半次郎は左腕一本で必死に櫓《ろ》を漕《こ》ぎつづけた。

2

自宅の六畳間で古着の綻《ほころ》びをつくろっていた万蔵が、

（さて、一服つけるか）

と仕事の手を止めて、煙草盆《たばこぼん》を引き寄せたとき、裏口にかすかな物音がした。

万蔵はきらりと目を光らせて、部屋の隅に積み重ねておいた布団《ふとん》の間から匕首を引き抜くと、それをふところに忍ばせて立ち上がり、そっと障子《しょうじ》を引き開けて小廊下に出た。

ほとほとと板戸を叩く音が聞こえる。

万蔵はふところに忍ばせた匕首の柄に手をかけながら、

「誰だい?」

と戸に向かって低く誰何《すいか》した。

「あっしです」

半次郎の声だった。万蔵はすかさず土間に飛び下りて、板戸のかんぬきをはずした。

ギイときしみを立てて、板戸が開いた。

戸口の暗がりに、ずぶ濡れの半次郎が幽鬼《ゆうき》のような姿で立っている。

「どうしたんだい、その恰好《かっこう》は」

「実は——」

といいさすのへ、

「それより、怪我《けが》の手当てが先だ。着物を脱いで上がんな」

いわれるまま、半次郎は濡れた衣服を脱いで部屋に上がった。

「ひでえ傷だ」

右肩の傷口を見て、万蔵は思わず眉宇《びう》を寄せた。長さ四寸（約十二センチ）、深さ二寸（約六センチ）ほどの深い傷である。石榴《ざくろ》のようにばっくり裂けた傷口から、おびただしい血が流れ出している。

焼酎《しょうちゅう》で傷口を洗い、血止めの塗り薬を塗って晒《さらし》を巻くと、万蔵は古着の筒袖《つつそで》と股引《ももひ》きを持ってきて、「これを着な」と半次郎に与えた。

「ありがとうございやす」

礼をいって、半次郎は手早くそれを身につけた。

「さて、くわしいわけを聞こうじゃねえか」

「へい」

筒袖の襟元《えりもと》を直しながら、半次郎は抑揚《よくよう》のない低い声で、事のいきさつをぽつりぽつりと語りはじめた。万蔵は煙管《きせる》をくゆらせながら黙って聞いている。

一通り話し終えたあと、半次郎は申しわけなさそうな顔で、

「あっしの不覚でござんした。面目《めんぼく》ございやせん」

と頭を下げた。

「そいつはとんだ災難だったな」

慰《なぐさ》めるようにそういうと、万蔵は煙管の火をポンと灰吹《はいふ》きに落とし、

「だが、そこまでわかりゃ御《おん》の字だ。おめえはもうこの仕事から手を引いたほうがいい」

「え」

と半次郎は心外そうに見返した。

「一味に顔が知れちまったからな。これ以上の深入りは禁物だ」

そういって、万蔵は二服目の煙草を煙管に詰めながら、

「あとのことはおれにまかせて、おめえはゆっくり怪我の養生《ようじょう》をするがいいさ」

「へえ」

とうなずいたものの、半次郎の顔には無念の色がありありと浮かんでいた。

そのころ、深川蛤町の妓楼『三浦屋』の奥座敷で、二人の男が何やら深刻そうな顔で酒を酌み交わしていた。床《とこ》の間を背にして座っている五十がらみの、でっぷり肥《ふと》ったあばた面の男は、『三浦屋』の楼主・吾兵衛《ごへえ》で、もう一人の右頬に五寸ほどの傷のある、がっしりした体軀の男は地廻《じまわ》りの卯之助である。

「この店に探りを入れにきた？」

吾兵衛が険しい顔で訊いた。半次郎のことである。

「お常には、政次郎と名乗っていたそうですが、どうせそれも本名じゃねえでしょう」

「一体何者なんだ？　そいつは」

「おそらく『琥珀屋』彦兵衛の息のかかった者じゃねえかと」

彦兵衛も世間の裏街道を歩いてきた男である。子飼いの手下がいたとしても不思議ではない。そうした連中が彦兵衛の意趣返しをするために、ひそかに探りを入れてきたのではないかと、卯之助は推断したのである。

「どうもわからねえな」

吾兵衛がうめくようにいった。

「そもそも彦兵衛はなんで佐吉の居所を探っていたんだ？」

「佐吉に怨《うら》みでも持っていたんじゃねえんですかい」

「佐吉は覚えがねえといってたぜ」

「悪党なんてそんなもんでさ。てめえの悪事を一々覚えてるやつなんかおりやせんよ」

と皮肉な笑みを浮かべる卯之助に、吾兵衛が苦々しい顔で、

「それにしても、ちょいと勇《いさ》み足《あし》だったようだな」

「へ？」

「彦兵衛のねらいを見定めてから殺しても遅くはなかったんじゃねえのかい」

「むろん、あっしだってそのつもりでござんしたよ。けど、彦兵衛は頑《がん》として口を割らなかった。それでやむなく――」

「ま、いまさらとやかくいってもはじまらねえが、もうしばらく野郎を泳がせておけばよかったのかもしれねえな」

「へえ」

「ところで、その若い男だが、結局どうなっちまったんだい？」

「川底に沈んじまったようで」

「死んだのか」

「さあ」

と卯之助はかぶりを振って、

「よしんば生きていたとしても、心配にはおよびやせんよ。野郎の面は割れてやすからね。今度見つけたらただじゃおきやせん」

「ま、とにかく用心に越したことはねえ。くれぐれも頼んだよ、卯之さん」

「へい」

呑み干した猪口《ちょこ》を膳にもどすと、卯之助は畳に両手をついて、

「じゃ、あっしはこれで」

と一礼して出て行った。それからしばらくして、初老の番頭・吉之助《きちのすけ》が顔をのぞかせ、

「旦那さま、笹木《ささき》さまがお見えになりましたが」

と来客を告げた。

「お通ししなさい」

「かしこまりました」

吉之助に案内されて入ってきたのは、四十年配の頤《おとがい》の張った、見るからにいかつい感じの浪人者である。名は笹木弥九郎《やくろう》という。

「これはこれは笹木さま、ようこそお越しくださいました。ささ、どうぞ」

吾兵衛は満面に笑みを浮かべて、座布団をすすめた。

「所用で近くまできたのでな。寄らせてもらった」

「すぐ酒の支度《したく》をさせますので」

「うむ」

鷹揚《おうよう》にうなずいて、笹木はすすめられた座布団にどかりと腰を下ろした。

すぐに酒肴の膳部が運ばれてきた。

「まずは一献《いっこん》」

と酌をしながら、吾兵衛はすくい上げるような目で、

「例の件でございますが、その後いかがなものでございましょうか」

「寺社方《じしゃかた》への根廻しは着々と進んでおるのだが、町方のほうがなかなか――」

眉間《みけん》に縦《たて》じわをきざんで、笹木はかぶりを振った。

「思うように運びませんか」

「家主・地主の大半は押さえたのだが、町役人の中に一人だけ頑として首をたてに振らん者がおってのう」

「町役人、と申しますと？」

「町年寄《まちどしより》の高田《たかだ》屋清右衛門《せいえもん》と申す男だ」

「金で抱き込むわけにはまいりませんか」

「それがのう」

笹木はむっつりと酒杯を傾けながら、

「頑固一徹な男でな。金も女も通用せぬ朴念仁《ぼくねんじん》よ」

「つまり、攻めどころがないと？」

「ふむ」

「それはまた難儀なことで」

「ま、しかし、まったく手段《てだて》がないわけではない」

「何か妙案でも？」

「ふふふ、いわぬが花だ。そのうちわかるさ」

そういうと、笹木はすぐ真顔になって、

「それより三浦屋、例のあれ、だがな」

「あれ？……あ、はい」

笹木の謎かけのような言葉を、吾兵衛は瞬時に理解した。まさに阿吽《あうん》の呼吸である。

「そろそろ新しいのを入れてもらえぬか」

「心得てございます。さっそく手配りいたしましょう」

追従《ついしょう》笑いを浮かべながら、吾兵衛は笹木の盃《さかずき》に酒を注いだ。

それから半刻（一時間）ほど雑談したのち、笹木弥九郎は『三浦屋』が用意した駕籠《かご》に乗って帰途についた。

笹木を乗せた駕籠は永代橋を渡り、霊岸島《れいがんじま》を経由して鉄砲洲の本湊町に向かった。

駕籠に揺られているうちに、笹木は浅いまどろみに落ちていた。

気がつくと、駕籠は本湊町の町筋を抜けて、南はずれの杜《もり》の前にさしかかっていた。

「あ、ここでよい」

と駕籠かきに声をかけて、笹木は駕籠を降りた。天応院の参道の入口である。

昼間は参詣の人々でごった返す参道も、この時刻になるとさすがに人影ひとつ見当たらず、不気味な闇と静寂に領《りよう》されている。

走り去る駕籠を見送ると、笹木はゆっくり踵《きびす》をめぐらして参道に足を向けた。

闇の奥から、仏法僧《ぶつぽうそう》の鳴き声が聞こえてくる。

この夜もあいかわらずの無風である。

山門をくぐったところで、ふいに仏法僧の鳴き声がぴたりとやんだ。

（……？）

笹木は不審げに足を止めて、前方の闇に目を凝らした。

五人の男たちが提灯《ちようちん》をかざして、一目散に参道を駆け下りてくる。よく見ると、その男たちは灰色の修行衣をまとった屈強の僧だった。

「あ、笹木さま！」

先頭を走っていた修行僧が、笹木の姿を見て思わず足を止めた。

「どうした？　何かあったのか」

「娘が一人、逃げ出しました」

「なに」

「お恵《けい》という娘です。見張りの者がちょっと目を離したすきに――」

「まずい。それはまずい」

笹木の顔がゆがんだ。

「すぐに気づいたので、そう遠くへは行っていないのではないかと」

「よし、手分けして探せ。よいな、草の根分けても探し出すんだぞ」

「はっ」

と頭をさげて走り去ろうとする僧へ、

「待て」

と笹木が呼び止めた。

「その娘にはもう用がない。見つけ次第、始末するがいい」

「かしこまりました」

五人の僧たちは、いっせいに身をひるがえして走り去った。

3

朝から小雨が降っていた。

実に二十日ぶりの雨である。近郊の百姓たちにとっては、文字どおり「干天《かんてん》の慈雨《じう》」だが、しかし、江戸市中に住む者たちにとって、この程度の小雨は、かならずしも恵みの雨とはいえなかった。湿気が増えたぶん、かえって蒸し暑さが増したからである。

「もっと景気よく降ってくれりゃいいのに――」

番傘の下から、仙波直次郎はうんざりした顔で、灰色の空を仰ぎ見た。

薄い雲の幕に、ぼんやりと陽《ひ》がにじんでいる。

半刻もすればやみそうな空模様である。

(傘なんか持ってくるんじゃなかったぜ)

ちょっぴり後悔しながら、直次郎は与力・同心の組屋敷が立ち並ぶ八丁堀の大通りを抜けて、京橋川の河岸通りに出た。

と、そのとき……、

近くの路地から、二人の男があわただしげに飛び出してきた。

顔見知りの北町同心《どうしん》・杉江兵庫《すぎえひょうご》と岡っ引《おかぴき》の辰三《たつぞう》である。二人とも傘は差していない。

「杉江さん」

と声をかけると、杉江が足を止めて振り返り、

「あ、仙波さん、おはようございます」

「何か事件でも？」

「稲荷橋の下で若い女の死体が見つかったそうですよ」

若い女と聞いたとたん、直次郎は思わず、

「身投げですか」

と訊いた。『大津屋』の娘・おきよの一件が脳裏をよぎったのである。杉江にしてみれば唐突な質問だったのだろう。いぶかるような表情でかぶりを振って、

「さあ、死体を検分《けんぶん》してみないことには――」

「お邪魔でなければ、ご一緒させていただきたいのですが」

「かまいませんとも」

「では、ちょっとだけ」

といって、直次郎は二人のあとについた。

そこから稲荷橋までは、およそ五丁（約五百四十五メートル）の距離である。

女の死体は、稲荷橋の北詰の自身番屋の土間に、筵《むしろ》をかけられて横たわっていた。

杉江は土間に屈み込み、十手《じって》の尖端《せんたん》で筵をめくって見た。

ずぶ濡れの死体である。歳は十六、七だろうか。白蠟《はくろう》のように透明で白いその顔には、まだあどけなさが残っている。

「稲荷橋の下に浮いていたそうだな」

杉江が顔を上げて、初老の番太郎に訊いた。

「はい。川船の船頭が見つけましてね」

船頭の通報を受けた番太郎が、近所の男衆を呼び集めて死体を引き揚げ、番屋に運び込んだという。

「胸を一突きにされてるな」

杉江が眉をしかめてつぶやいた。

直次郎は杉江の肩越しに死体をのぞき込んだ。

死体の左胸には刺し傷があり、着物の襟元が血で真っ赤に染まっている。

「これは……？」

と杉江が死体の帯の間から何かをつまみ出した。『高崎《たかさき》神社』と記された金糸《きんし》織の守り袋である。杉江は振り返って、その守り袋を直次郎に示した。

「仙波さん、この神社をご存じありませんか」

「高崎神社というと、上州高崎の『おくまんさま』かもしれませんな」

「おくまんさま？」

「俗称ですがね。主神は確か、伊弉冉命《いざなみのみこと》、速玉男命《はやたまおのみこと》、事解男命《ことさかのおのみこと》の三神だったと。高崎の総鎮守《そうちんじゅ》ですよ」

「さすが仙波さん、よくご存じですな」

「いえ、いえ」

直次郎は照れるように手を振って、

「以前、上州無宿の博奕《ばくち》打ちを御用にしたことがありましてね。その男も『おくまんさま』の守り袋を身につけていたのです」

「すると、この娘も──」

「おそらく高崎の出でしょう。中に臍《へそ》の緒書《おがき》(出生記録)はありませんか」

杉江は守り袋の緒を解いて、中をあらためた。

高崎神社の護符と二つに折り畳んだ小さな紙が入っている。

「ありました」

黄ばんだその紙の間には、干からびた臍の緒がはさまっており、

〈長女・お恵。文政《ぶんせい》十年丁亥《ひのとい》九月五日生。父・茂兵衛《もへえ》、母・おふく〉

と金釘《かなくぎ》流の拙《つたな》い文字で記されていた。

「文政十年の生まれとなると――」

「今年、十七歳ですな」

杉江がいった。

(十七歳か)

直次郎は胸のうちでつぶやいた。

身投げしたおきよも十七歳だった。自死と他殺の違いこそあれ、同じ年齢の娘が水死体で発見されるというのも、奇妙な偶然である。

「金が目当てなら、こんな若い娘はねらわんでしょう」

めくった筵をもとにもどして、杉江は立ち上がった。

「流しの仕業かもしれませんな」

直次郎がいった。同意するように、杉江は深くうなずいた。

下手人は娘に悪さを働こうとしたに違いない。刃物を所持していたのは、娘を威嚇《いかく》するつもりだったのだろう。

ところが娘に騒がれたために、その刃物で娘の胸を一突きにして、死体を稲荷橋の上から京橋川に投げ捨てた。——というのが直次郎と杉江の一致した見方だった。

「辰三」

杉江が岡っ引の辰三に目を向けた。

「この近くで不審な者を見かけた者や、娘の悲鳴を聞いた者がいるかもしれぬ。聞き込みに歩いてくれ」

「へい」

と辰三は番屋を飛び出していった。

「わたしも失礼いたします。ごめん」

と頭を下げて、直次郎も番屋をあとにした。

朝から降りだした小雨は、直次郎の予想に反して夕方まで降りつづいた。まるで梅雨《つゆ》のような鬱陶《うっとう》しい雨である。

用部屋の板壁にもたれて居眠りをしていた直次郎は、自分の高いびきで目を覚まし、あわててあたりを見廻した。部屋の中には薄い闇がただよっている。

ふあ。

と生あくびをして立ち上がると、直次郎は窓ぎわに歩み寄って表を見た。百日紅《さるすべり》の紅《あか》い花が、雨に打たれて、しんなりとたわんでいる。

「当分やみそうもねえな、この雨は」

上空は分厚《ぶあつ》い雲でおおわれ、朝方より、むしろ雨足《あまあし》は強まっていた。

「さて」

と文机《ふづくえ》に広げた帳面や書類を片付けはじめたとき、日本橋石町の時の鐘が鳴り出した。

暮七ツ（午後四時）を告げる鐘である。

一日の大半を「両御組姓名掛」の用部屋に閉じこもったまま、ただ漫然《まんぜん》と時を過ごしている直次郎にとって、この鐘の音を聞く瞬間だけが、唯一の楽しみだった。

「やれやれ、今日も一日終わったか」

いそいそと帰り支度を済ませると、直次郎は飛び立つように用部屋を出た。

表玄関につづく薄暗い廊下には、もう掛け燭《じょく》の明かりが灯《とも》っていた。

ほかの用部屋には、まだ人がいるらしく、障子に明かりが揺らいでいる。

それを横目に見ながら、直次郎は足早に廊下を通り抜けて表玄関に向かい、番傘を差して奉行所を出た。

降り煙《けぶ》る小雨の中を、傘を差した人々があわただしげに行き交っている。

直次郎は道のぬかるみを避けるようにして家路を急いだ。

比丘尼橋を渡って京橋川沿いの道に足を向けたとき、後方から小走りにやってきた中背の男が、直次郎のかたわらをすり抜けるように追い越していった。

菅笠《すげがさ》に茶縞の唐桟留《とうざんどめ》、柿色の股引きといういでたちの男である。

「おう、辰三じゃねえか」

いきなり声をかけられて、男はびっくりしたように足を止めて振り返った。

北町同心・杉江兵庫の抱えの岡っ引・辰三である。

「あ、仙波さま、今朝方はどうも」

菅笠のふちを片手で押し上げ、辰三はぺこりと頭を下げた。

「その後、何かわかったかい？」

「へい」

とうなずいて、辰三は肩にかかった雨滴《あましだり》を片手で払いながら、

「殺された娘の奉公先がわかりやした」

「お店《たな》づとめでもしていたのか」

「いえ、柳橋《やなぎばし》の『扇屋《おうぎ》』って置屋《おきや》で働いていたそうで」

「扇屋！」

思わず瞠目《どうもく》した。『扇屋』は、直次郎のなじみの芸者・お艶《えん》が籍を置いている置屋である。殺されたお恵という娘が、その『扇屋』で働いていたとは……。

奇縁ともいうべきこの偶然によって、事件が急に身近に迫ってきたような気がした。

「『扇屋』の女将《おかみ》の話によると――」

辰三がつづける。

「お恵って娘は、五日前から行方知れずになってたそうですよ」

「ほう」

「いまのところ、わかっているのはそれだけで」

「そうかい。急いでいるところ、呼び止めて済まなかったな」

「どういたしやして。じゃ。ごめんなすって」

一礼して、辰三は走り去った。

「扇屋か――」

ぼそりとつぶやきながら、直次郎はゆったりと歩《ほ》を踏み出した。


半刻後――。

直次郎は柳橋の土手道を歩いていた。

降り煙る雨の奥に、小さな灯影《ほかげ》が漁火《いさりび》のようにきらめいている。

神田川の北岸に軒をつらねる船宿の明かりである。

直次郎は土手を下りて、とある船宿の前に立った。軒行燈に『卯月《うげつ》』とある。

暖簾を分けて中に入ると、

「あら、仙波の旦那《だんな》、おひさしぶり」

女将のお勢《せい》が愛想たっぷりに迎え出て、

「いつものお座敷、空《あ》いてますよ。さ、どうぞ」

と直次郎を二階の座敷に案内した。二階には小廊下をはさんで部屋が四つあるが、いつになくどの部屋もひっそりとしている。

「めずらしく暇《ひま》そうだな」

「暖簾を出したばかりですからね。これからですよ、忙しくなるのは」

「お艶はきてるかい？」

「もうじき見えると思います。すぐお酒をお持ちいたしますので」

そういって、お勢はせかせかと出て行った。

ほどなく酒が運ばれてきた。それを手酌でちびりちびりやっていると、

「お待たせ」

襖《ふすま》がからりと開いて、あでやかな藤色の小袖《こそで》を着た女が入ってきた。柳橋で一、二といわれる美人芸者・お艶である。

「旦那、ずいぶんとお見かぎりだったじゃないですか」

鼻にかかった甘い声でそういうと、お艶はしんなりと直次郎のかたわらに腰を下ろし、膳の上の銚子《ちょうし》を取って猪口に酒を注いだ。

「このところ、ふところ具合が寂しくてな」

「また、そんな――」

「おめえだって知ってるだろ」

「何をですか」

「おれは役所で冷や飯を食わされてるんだぜ。昔のように羽振りよく遊べる身分じゃねえのさ」

「そりゃ、旦那の立場はわかりますけどね。せめて半月に一度ぐらいは顔を出してくれてもいいんじゃないですか」

「できれば、おれだってそうしたいさ。だがな——」

といいさして、

「いや、いいわけはやめておこう。それより、お艶」

直次郎は真顔になって、お艶を見た。

「お恵って娘のことで訊きてえことがあるんだが」

「お恵ちゃんのこと？」

虚《きょ》を衝《つ》かれたような表情で、お艶は見返した。

「事件のことは、あらためて話すまでもねえだろう」

「…………」

お艶は絶句してうつむいた。長い睫毛《まつげ》が悲しげに震えている。

お艶が事件を知ったのは、つい一刻（二時間）ほど前のことだった。辰三という岡っ引が『扇屋』を訪ねてきて、女将のおひさにお恵が殺されたことを告げ、あれこれと事情を聴いていったのである。そのときの衝撃と悲しみが、またお艶の胸に込み上げてきた。

「おめえの気持ちはわかるが――」

声の調子を落として、慰撫《いぶ》するように直次郎がいった。

「お恵が『扇屋』で働くようになった経緯《いきさつ》を話してもらえねえかい」

「………」

一拍の沈黙があった。

開け放った窓の外には、霧のような白い雨が、音もなく降り煙っている。

4

「あの娘《こ》の父親は――」

目を伏せたまま、お艶は消え入りそうな声で途切《とぎ》れとぎれに語りはじめた。

「上州高崎《たかさき》在の養蚕《ようさん》農家の貧しい小作人《こさくにん》だったそうです」

父親の名が茂兵衛であることは、お恵が身につけていた守り袋の臍の緒書を見て、直次郎も知っていた。

「ところが二月《ふたつき》ほど前に、その父親が体をこわして寝込んでしまい、長女のお恵ちゃんが家計を助けるために、江戸に働きに出ることになったそうなんです」

そのとき、お恵の相談に乗ってくれたのが、顔見知りの生糸《きいと》の仲買人で、『扇屋』の女将・おひさの遠縁に当たる嘉兵衛《かへえ》という男だった。

「すると、お恵はその男の紹介で？」

「ええ。あれは先月の中ごろだったかしら」

嘉兵衛の添状《そえじょう》を持って、お恵が『扇屋』を訪ねてきたのである。

「器量も悪くないし、気立てもよさそうな娘だったので、女将さん、一目で気に入ってしまいましてね。その場で雇い入れることになったんです」

当面は『扇屋』の下働きをしてもらい、仕事に慣れてきたら、半玉《はんぎょく》として座敷に出し、いずれは一人前の芸者に育てるつもりだと女将のおひさはいっていた。

「お恵の働きぶりはどうだったんだ？」

「よく働きましたよ。利発な娘でしてね。仕事を覚えるのも早かったし、芸者衆からも可愛がられていました」

そんなお恵の資質を見込んだ女将のおひさは、住み込み奉公に入ってまだ半月足らずのお恵を、半玉として座敷に出すことにしたのである。

「でも、それがお恵ちゃんのためにはよくなかったのかもしれません」

お艶は非難めいた口ぶりでそういった。

「というと、座敷で何かあったのか？」

「悪いお客に当たってしまいましてね。体を触られたり、からかわれたり、呑めないお酒を無理強《じ》いされたりして、ずいぶんと嫌な思いをしたそうなんです。それ以来、お恵ちゃんすっかり落ち込んでしまって」

「なるほど」

直次郎は得心《とくしん》がいったようにうなずいた。

「お恵が姿を消したのは、それが原因《もと》だったのか」

「と思いますよ。何といっても、まだ十七歳の子供ですからねえ。悩みに悩んだ末に飛び出してしまったんじゃないでしょうか」

「しかし、どうもわからんな」

直次郎はあごをぞろりと撫でた。思案するときの、いつもの癖である。

「何がですか」

「江戸に身寄りや知り合いはいねえんだろう」

「ええ」

「五日間も、お恵はどこで何をしていたんだ？」

「それなんですよ。女将さんもひどく心配しましてね。置屋の男衆に頼んで心当たりを捜させたんですが」

言葉を切って、お艶は暗然《あんぜん》とかぶりを振った。

「お恵に男の影はなかったか」

「それはありませんね」

お艶は言下《げんか》に否定した。

「江戸に不慣れなので、ほとんど外に出ることはなかったし、女将さんも厳しく目を光らせてましたからね」

「そうか」

「とにかく素直でいい娘でしたよ。一体誰があんなむごいことを――」

お艶はやり切れぬようにつぶやいた。

直次郎が何かいいかけたとき、階下がにわかに騒々しくなった。わき立つような男たちの声にまじって、お勢の甲高い笑い声が聞こえてくる。

「客がきたようだな」

「蔵前《くらまえ》の札差《ふださし》の寄り合いがあるんですって」

「おめえにもお呼びがかかるんじゃねえのかい」

「今夜は旦那に貸し切りにしてもらおうかしら」

「そうもいかねえようだぜ」

直次郎はちらりと襖に目をやった。階段にあわただしい足音がひびき、「ごめんください」と襖が引き開けられて、女将のお勢が顔をのぞかせた。

「お艶さん、申しわけないけど、下の座敷についてもらえないかしら」

「ほかの妓はまだなんですか」

「お秀《ひで》さんはきてるけど、一人じゃ手が足りないので」

「わかりました」

不承不承《ふしょうぶしょう》、お艶はうなずいた。

「すみませんねえ、旦那」

恐縮するように直次郎に頭を下げると、お勢は裳裾《もすそ》をひるがえして去って行った。

「まったく、人使いが荒いんだから」

ぼやきながら、お艶は立ち上がり、

「旦那はどうします？」

と未練がましい目で直次郎を見た。

どうすると訊《き》かれても、相手があることだから、どうしようもない。

正直なところ、直次郎にも未練はあったが、いつもどってくるかわからぬお艶を、一人で酒を呑みながら待つ気にはなれなかった。

「日をあらためてまた出直してくるさ」

「旦那の〝また〟は当てになりませんけどね」

皮肉っぽくそういうと、お艶はつんと顔をそむけて部屋を出て行った。

直次郎は猪口に残った酒をぐびっと呷《あお》って腰を上げた。


雨は、もうほとんどやんでいた。

雲の切れ間から、月明かりが射している。

畳《たた》んだ番傘を片手にぶら下げ、直次郎は雨上がりの土手道を西へ向かって歩いていた。

生暖かい夜気が足元からわき立ってくる。

――それにしても、奇妙な偶然だ。

直次郎の脳裏に、永代橋から身投げした『大津屋』の娘・おきよの顔と、稲荷橋の下で死体で見つかったお恵の顔が重なり合うように去来《きょらい》していた。二人とも十七歳の娘盛りである。しかも、おきよは身投げする十日前に家出しており、お恵は殺される五日前に『扇屋』から姿を消している。

果たしてこれは、単なる偶然なのか。

それとも、この二つの事件には、何か巧《たく》まれたからくりでもあるのだろうか。

（いや、それはねえだろう）

思い直すように、直次郎は首を振った。

お恵殺しの一件はともかく、おきよは自分の意思で家を飛び出し、自分の意思でみずから命を絶ったのである。事件性を疑う余地はまったくないのだ。

（考え過ぎかもしれねえな）

苦笑いを浮かべながら、直次郎は足を速めて神田川に架かる新《あたら》シ橋を渡った。

橋の南側には柳原《やなぎわら》土手に沿って広い通りが東西に延びている。俗に柳原通りと呼ばれる物寂しい通りである。

時刻は四ツ（午後十時）を過ぎている。通りに人影はなく、時折、物悲しげな犬の遠吠えが聞こえてくる。

おぼろげな月明かりを頼りに、直次郎は家路を急いだ。

異変が起きたのは、和泉《いずみ》橋の南詰にさしかかったときだった。

闇を引き裂くような男の悲鳴に、直次郎は反射的に走り出した。

闇の奥に数人の人影が入り乱れている。直次郎が駆け寄ると、

「誰かくるぞ！」

野太い声がひびき、三つの人影がいっせいに振り向いた。

それを見て、直次郎は思わず息を呑んだ。

異装の男たちである。三人とも薄鼠《うすねず》色の麻の鈴懸《すずかけ》と結袈裟《ゆいげさ》をまとい、頭には黒の頭巾《ときん》、足には白の脚絆《きやはん》をつけて八《や》つ目《め》の草鞋《わらじ》ばき、手には金剛杖《こんごうづえ》を持っている。

一目で修験者《しゆげんじや》とわかるいでたちである。一人が細身の仕込み刀を金剛杖の鞘《さや》にパチンと納刀し、ほかの二人に無言の下知《げじ》をくれて一目散に走り去った。

直次郎の目が一点に釘付けになった。ぬかるみに男が倒れている。

五十年配の商人ふうの男である。背中を袈裟がけに斬られ、すでにこと切れていた。顔は血と泥にまみれ、かっと見開いた双眸《そうぼう》は無念そうに虚空を見つめてい

る。

(物盗《と》りや辻斬りじゃねえな、この事件《やま》は)

直次郎はそう直観した。

とすれば三人の修験者の目的は何なのか。殺された男は何者なのか。両者の間に一体どんな因果関係があったのか。

あれこれと思案をめぐらせながら、直次郎は足早にその場を立ち去った。

翌日、殺された男の身元がわかった。

例によって米山兵右衛から茶にさそわれ、例繰方部屋で茶を喫《きつ》しながら他愛もない世間話をしているうちに、兵右衛の口からひょいとその話題が出たのである。

「そういえば、昨夜、柳原通りで辻斬り事件がありましてね」

「ほう」

直次郎はあくまでもとぼけ顔である。

「斬られたのは、本湊町の高田屋清右衛門という町年寄だそうです」

「本湊町と申しますと、鉄砲洲の……?」

「ええ、清右衛門は本湊町で廻船《かいせん》問屋をいとなんでおりましてね。昨夜は両国薬《や》研堀《げんぼり》の料亭で問屋仲間の会合があったそうですが」

「その帰りに襲われたというわけですか」

「財布は盗られていなかったそうですから、辻斬りの仕業《しわざ》と見て間違いないでしょう」

「はあ」

直次郎はあいまいにうなずいた。

「まったく物騒《ぶっそう》な世の中になったものですな。一昨夜は、稲荷橋の近くで若い娘が殺されたそうですよ」

『扇屋』のお恵のことである。兵右衛は月番の北町奉行所から廻ってきた書類に目を通しながら、ひとしきり事件の概要を説明したあと、

「暑気《しょき》払いには熱い茶が一番です」

といいつつ、手焙《てあぶ》りにかけた鉄瓶《てつびん》の湯を急須《きゅうす》に注いで、二服目の茶を淹《い》れた。

「もう一杯いかがですか」

「いえ、もう結構です。すっかりお邪魔してしまって」

丁重に頭を下げて、直次郎は例繰方部屋を出た。

た。

5

昼八ツ（午後三時）ごろ、直次郎は周囲の目を盗んでこっそりと奉行所を出た。

息抜きがてら、半次郎の舟小屋を訪ねようと思ったのである。

きのうの空模様とは打って変わって、この日は雲一つない晴天である。

強い陽差しがじりじりと照りつけている。

きのうの雨でぬかるんだ地面もすっかり乾いていた。

京橋から日本橋へつづく大通りはあいかわらずの混雑である。

首筋の汗を手拭いで拭きながら、直次郎は日本橋に向かって歩いていた。

中橋《なかばし》広小路の四辻《よつつじ》に差しかかったところで、ふいに、

「仙波さん」

と背後から声をかけられ、思わず振り返ると、雑踏の中に深編笠《ふかあみがさ》で面体《めんてい》を隠し、絽《ろ》の十徳《じっとく》を羽織《はお》った浪人ていの男が立っていた。

（元締め！）

危うく口に出かけたが、直次郎はとっさにその言葉を飲み込み、

「これはこれは、寺沢さん、おひさしぶりでございます」

わざとらしく他人行儀な挨拶《あいさつ》をして歩み寄った。

男は闇稼業の元締め・寺沢弥五左衛門だった。

「どちらへ行かれるのですか」

深編笠の下から、弥五左衛門が低く訊いた。

「半次郎に会いに行こうかと思いましてね。寺沢さんはどちらへ？」

「次の原稿の下調べに歩いているところです」

「何か面白い題材《ねた》でも見つかりましたか」

「ええ、まあ——」

うなずいて、弥五左衛門はゆっくり歩き出した。直次郎も横に並んだ。

「仙波さん、鉄砲洲の天応院という寺をご存じですか」

歩きながら、弥五左衛門が小声で訊いた。唐突な質問に、一瞬、直次郎はけげんそうな表情を見せたが、

「ええ、知ってますよ。あの寺に詣《もう》でると現世御利益があるそうで」

と、これもささやくような小さな声で応えた。

「大変な評判だそうですね」

「実をいうと、わたしもあやかろうと思いましてね。先日、お参りに行ってきましたよ」

「ほう」

深編笠の下から意外そうな声が洩《も》れたが、ややあって、

「で、御利益はありましたか」

「たぶん、ないでしょう」

拍子抜けするほどあっさりした答えだった。

「ない？　なぜそう思うんですか？」

「大枚《たいまい》を払って加持祈禱《かじきとう》を受けた者しか御利益はないそうですよ。賽銭《さいせん》を上げただけの者には、それなりの見返りしかないそうで」

「ふふふ、それなりの見返りとは、いい得て妙ですな」

「当節《とうせつ》は仏の世界も金次第ですからね」

「仙波さん」

四辻を左に曲がったところで、弥五左衛門がふと足を止めた。

「手前が書こうとしているのは、まさにそれなんですよ」

「え？」

「下調べをしているうちに、ようやくそのから、く、り、が見えてきましてね」

「からくり、と申しますと？」

それには応えず、弥五左衛門は首をめぐらして往来の雑踏を見廻し、

「あ、来ました」

と小声でいった。若い男が人混みを縫うようにして足早に近づいてくる。

「半の字……！」

直次郎は思わず目を見張った。歩み寄ってきたのは、半次郎である。

「どうだ？　見つかったかね？」

と弥五左衛門が訊いた。

「はい。打ってつけの場所が見つかりました。どうぞ、こちらへ」

半次郎に案内されたのは、大通りから西へ入った上槇《かみまき》町だった。

道の両側には、油問屋や味噌醤油《みそしょうゆ》問屋、漬物《つけもの》問屋、酒問屋など、いわゆる樽物《たるもの》を商《あきな》う大店が軒をつらね、仲買人らしき男や小売り業の者、買い出しの人々、菰《こも》荷を満載にした荷車などがひっきりなしに行き交っている。

町の一角に『水菊《すいぎく》』の暖簾を下げた料理屋があった。建物は古いが、いかにも

老舗《しにせ》らしい風情《ふぜい》豊かなたたずまいの店である。

中に入ると、帳場の奥から三十なかばと見える品のよさそうな女将が出てきて、三人を二階の座敷に案内した。半次郎が通りに面した窓の障子を一枚だけ引き開けた。

「なるほど、ここなら絶好の場所だ」

弥五左衛門は満足そうにつぶやきながら、深編笠をはずして、

「さ、どうぞ。おかけください」

と直次郎に座布団をすすめた。

「一体これは……？」

「いずれわかりますよ」

にやりと笑って、弥五左衛門が腰を下ろした。そこへ二人の仲居が酒肴の膳部を運んできた。半次郎が銚子を取って二人に酌をする。

しばらく酒の献酬《けんしゅう》がつづいたあと、窓ぎわに座っていた半次郎がふいに、

「元締め」

と弥五左衛門に目くばせした。

「来たか」

といって、弥五左衛門はおもむろに腰を上げ、窓ぎわに歩み寄った。

直次郎もけげんそうに首を廻して、窓の外に目を向けた。

通りをへだてた斜向《はす》かいに『奈良屋《なら》』の看板をかかげた油問屋が見えた。

その店先に供連れを従えた立派な塗《ぬり》駕籠が止まったのである。

「あれは……！」

直次郎の目が、塗駕籠から降り立った男に釘付けになった。

天応院権大僧都・法念上人である。

この日は白綾《しろあや》の小袖に柿色の小袖を重ね、古金襴《こきんらん》の法眼袴《ほうげんばかま》に紫の丸帯、顕紋《けんもん》紗《しゃ》の十徳といういでたち、手には中啓《ちゆうけい》（仏事用の扇）を持っている。その両脇には、羽織袴姿の浪人笹木弥九郎と薄紫の法衣をまとった二人の僧が神妙な顔でついている。

「あの浪人者は……？」

直次郎がけげんそうに訊いた。

「寺の用人でしょう」

一行は、『奈良屋』の内儀《ないぎ》らしき初老の女や番頭、手代などの出迎えを受けて、粛然《しゆくぜん》と店の中に入って行った。それを横目に見ながら、

「奈良屋の主人・藤右衛門《とうえもん》は死に病《しにやまい》を抱えておりましてね。医者から余命半月と宣告されたそうですよ」

弥五左衛門がつぶやくようにいった。

「ははあ、それで病気治癒の加持祈禱を頼んだってわけですか」

「二階のあの部屋をごらんください」

弥五左衛門の目が『奈良屋』の二階の西側の窓に向けられた。

障子がすべて開け放たれ、部屋の中は丸見えである。

豪華な二枚重ねの夜具の上に、あるじの藤右衛門らしき五十がらみの男が、青白い顔で横たわっている。が、一見したところ顔も体もふっくらとしていて、とても余命半月の重病人には見えなかった。

寝床の前では、笹木弥九郎と二人の僧が祭壇をしつらえていた。

祭壇は二尺五寸の正方形で、高さはおよそ一尺二寸（約三十六センチ）。四隅に柱を立てて注連縄《しめなわ》を張りめぐらし、祭壇の上には小さな炉が置かれた。

準備がととのったところで、法念上人がおもむろに祭壇の前に膝をすすめ、護摩木《ごまぎ》を炉に投じて火を点じると、両手で印をむすびながら、

「ナウボウ、バギャバテイ、バンセイジャ、グロ、バイチョリヤ、ハラバア、ラ

ンジャマ、タタギャタヤ、アラカテイ、サンミャク、サンボダヤ――」

と呪《じゅ》を唱えはじめた。

窓越しにその様子を見ていた直次郎が、体をひねってゆっくり膳部に向き直り、

「あれで祈禱料はいくらぐらい取るんですかね」

と弥五左衛門に問いかけた。

「五十両だそうです」

「五十両！　そりゃべら棒《ぼう》ですな」

「しかし、五十両で死に病が治るなら、高くはないでしょう」

「そりゃ、まあ、そうですが……」

いまひとつ納得のゆかぬ顔で、

「加持祈禱なんかで、本当に死に病が治るんですかね」

「実際に治った人間が何人もいるそうですよ」

弥五左衛門のその言葉を引き取って、半次郎が、

「あっしが調べたところ、医者に見放された死に病の患者が、少なくとも八人ほど法念上人の祈禱を受けて治っておりやす」

「そろそろ種明かしをしましょうか」

と弥五左衛門がいった。何のことやらさっぱりわけがわからず、直次郎はきょとんとした顔で見ている。

「その八人は、いずれも同じ医者にかかっていたそうですよ」

「同じ医者？……あ、なるほど、そういうことですか」

さすが直次郎である。その一言で瞬時に謎を読み解いていた。

「おわかりかな」

「つまり、その医者がぐるだったってわけですね」

「ご明察」

弥五左衛門はにやりと笑い、

「もともと、その八人は大した病ではなかったのですよ」

夏風邪を引いた者、食あたりで腹をこわした者、過労で熱を出した者、飲み過ぎ食べ過ぎで胃痛を起こした者。いずれも十日も養生すれば治るような軽症の患者ばかりだったことが、半次郎の調べでわかったのである。

「もう一度、あの部屋をごらんください」

「八人も？」

弥五左衛門にうながされて、直次郎はふたたび首をめぐらし、窓越しに『奈良屋』の二階の部屋を見た。

法念上人の祈禱はまだつづいていた。

祭壇の炉の中で護摩の火が赤々と燃え立っている。

部屋の奥の壁ぎわに、内儀らしき初老の女と番頭、手代たちが横並びに列座し、手に数珠《じゅず》を持って一心に祈念している。その座列の左端に、裾長《すそなが》の袖無し羽織をまとった四十年配の慈姑頭《くわいあたま》の男が座していた。

「一番左端に座っている男が、八人の患者の診《み》立てをした町医者の村井宗庵《むらいそうあん》です。むろん、『奈良屋』の主人に余命半月の宣告を下したのも、あの男です」

「いやはや、医者と坊主がつるんでいたとは――」

あきれ顔で、直次郎は盃の酒を干《ほ》した。

「これが江戸の繁昌のからくりなのですよ」

「世の中、狐《きつね》と狸《たぬき》の化かし合いってわけですか」

「いってみれば、政事《まつりごと》そのものも大掛かりに仕組まれたからくりですからね。気づかぬうちに、我々はそのからくりにはまっているのかも、いや、はめられているのかもしれません」

「そうなると、わたしらのような凡夫《ぼんぷ》は、何を信じていいのやら――」

「一番の方策は、何も信じないことですよ」

いかにも慨世《がいせい》の士らしい痛烈な皮肉を吐いて、弥五左衛門はゆったりと腰を上げた。

「仙波さん、半次郎に用事があるとおっしゃいましたね」

「はあ」

「手前はお先に失礼させていただきますので、どうぞ、ごゆるりと」

一礼して、弥五左衛門は飄然《ひょうぜん》と部屋を出て行った。それを見送った半次郎が
おもむろに直次郎に向き直り、「あっしに何か?」と探るような目で訊いた。

「例の佐吉の件だが、その後どうなったかと思ってな」

「旦那のところにご報告に上がろうと思っていたんですが――」

そう前置きして、半次郎はこれまでの経緯を抑揚のない声で淡々と語り、最後に、

「お役に立てなくて、申しわけございやせん」

といって、深々と頭を下げた。

「なに、謝ることはねえさ。それより怪我の具合はどうなんだ?」

「おかげさまで、傷口はすっかりふさがりやした」

「そうか。それはよかった」

「佐吉の件は、万蔵さんが引きつづき調べを進めておりやすんで」

「わかった。ぼちぼちおれたちも引き揚げるとするか」

盃の酒を呑み干して、直次郎は立ち上がった。

斜向かいの『奈良屋』の二階では、法念上人の祈禱がまだつづいていた。

第四章　密儀

1

「お客さん、お酒のお代わりお持ちしましょうか」

女の声で、万蔵はハッと我《われ》に返った。目の前に丸々と肥《ふと》った小女《こおんな》が立っていた。

卓の上には空《から》になった徳利《とつくり》が二本転がっている。

「ああ、もう一本もらおうか」

「かしこまりました」

大きな尻《しり》を振りながら、小女は奥に去ったが、すぐに酒を運んできた。

深川蛤町の西のはずれにある居酒屋である。

店内は雑多な客で足の踏み場もないほど混んでいた。

男たちの体臭と人いきれ、酒の匂い、煙草《たばこ》の煙、むっとするような湿気と暑気《しょき》。それらがないまぜになって店の中に充満している。

万蔵がこの居酒屋に足を踏み入れてから、かれこれ半刻（一時間）がたとうとしていた。

その間、万蔵の目は奥の席で酒を酌《く》み交《か》わしている三人のやくざふうの男たちから、いっときも離れることはなかった。

三人の一人は、右頰《ほお》に五寸ほどの傷痕がある、がっしりした体つきの男である。

その男が半次郎を襲った破落戸《ごろつき》どもの頭分《かしらぶん》——地廻《じまわ》りの卯之助であることを突き止めるまでに、さほどの時間《とき》はかからなかった。

蛤町の盛り場を縄張りにしている破落戸。

右頰の五寸の傷痕。

半次郎からもたらされた、この二つの情報で、すぐに素性《すじょう》が割れたのである。

その後の調べで、卯之助が手下を引き連れて、三日にあげずこの居酒屋に通っていることや、大島町の貸家に女を囲っていることなどもわかっていた。

——このあと、野郎は女の家に行くに違いねえ。

万蔵はそう踏んで、卯之助が席を立つのを根気よく待っていたのである。

気がつくと、三本目の徳利が空になっていた。少しばかり酔いも廻ってきている。もう一本注文しようかどうかと迷っていると、ふいに奥の席に動きがあった。

卯之助がふらりと立ち上がったのである。

手下らしき二人の男が、卯之助にぺこぺこと頭を下げている。どうやらその二人を店に残して、卯之助だけが出て行くようだ。

戸口近くに座っている万蔵の目の前を、卯之助が足早に通り過ぎて店を出て行った。

万蔵は卓の上に酒代を置くと、何食わぬ顔で卯之助のあとを追った。

明かりに彩《いろど》られた河岸通りには、ほろ酔い気分で家路につく者や、これから遊所に繰り出す者、涼《りょう》を求めて散策する者などがひっきりなしに行き交っていた。

その人混みの中を、卯之助はふところ手《で》で西に向かって歩いている。

しばらく行くと、通りの右側に松平出羽守《まつだいらでわのかみ》の下屋敷の築地塀《ついじべい》が見えた。そこで盛り場の明かりはぷっつりと途絶え、人の往来もまばらになった。

下屋敷の先には、小さな木橋が架《か》かっている。

その橋を渡ると、大島町である。

卯之助は橋を渡って、西詰を左に折れた。

道の左側には大島川が流れ、右側には板葺《いたぶ》き屋根の小家が軒をつらねている。

ほとんどの家はすでに明かりを消して、ひっそり寝静まっていた。

二つ目の路地角に差しかかったとき、卯之助は背後に気配を感じてふと足を止めた。

ひたひたと足音が迫り、月明かりの中に人影が浮かび立った。

黒の筒袖《つつそで》に黒の股引《ももひ》き姿の万蔵が背を丸めてやってくる。

卯之助は気にも留《と》めず、ふたたび歩き出した。と、次の瞬間、万蔵が凄い勢いで駆け寄ってきて、いきなり背後から卯之助を羽交締《はがいじ》めにした。

「な、何をしやがる！」

「騒ぐんじゃねえ」

「！」

卯之助の顔が凍りついた。喉元《のど》に匕首《あいくち》の刃がぴたりと突きつけられている。

「ちょいと面《つら》を貸してくれ」

利《き》き腕をねじ上げたまま、万蔵は引きずるようにして卯之助を川岸の柳の老樹の下に連れ込んだ。

「お、おれに何の用があるんだ」

「二つ三つ、訊《き》きてえことがある」

「どんなことだ？」

「『琥珀屋』の彦兵衛を殺《や》ったのは、誰なんだい？」

「し、知らねえ」

「そうかい」

首筋に突きつけた匕首をスッと横に引いた。

「ひっ」

と卯之助の口から小さな叫びが洩れた。首の皮が裂けて血がしたたり落ちている。

「や、やめてくれ。命だけは助けてくれ」

「吐く気になったか」

「わ、わかった」

「もう一度訊く。彦兵衛を殺ったのは、誰だ？」

「――おれだ」

うめくように、卯之助が応《こた》えた。

「誰の差し金だ？」

「み、三浦屋の……、旦那《だんな》だ」

「三浦屋の？」

「彦兵衛に佐吉の居所を探られると面倒なことになる。だから消してくれと」

「面倒なことってのは？」

「わ、わからねえ。本当に、本当に何も知らねえんだよ。おれは、旦那にいわれるとおりにやっただけなんだ。た、頼むから勘弁してくれ」

凶暴な面構えとは裏腹に、卯之助の声は情けないほど弱々しい。

「もう一つ訊くが」

「な、何だ？」

「佐吉って野郎はどこにいる？」

「三浦屋を辞めて、本所のほうに引っ越したと聞いたが……、くわしいことは、おれも知らねえ」

「本当に知らねえのか」

「おれだって命が惜《お》しい。知ってたら吐いてるさ」

「そうかい。じゃ、勘弁してやろう」

と喉元に突きつけた匕首を引き離した瞬間、

「てめえ！」

卯之助がふところの匕首を引き抜いて、猛然《もうぜん》と突きかかってきた。

意表を衝《つ》く反撃だったが、万蔵はそれを読んでいたかのように、ひらりと体をかわし、諸手《もろて》にぎりの匕首を卯之助の脾腹《ひばら》にぶち込んだ。

「わっ」

と叫びを上げて卯之助はたたらを踏み、そのまま突んのめるように大島川に転落していった。どぼんと水音が立ち、川面に真っ赤な波紋が広がった。その波紋の輪の中に、いったん浮き上がったかに見えた卯之助の体は、二度と浮かび上がることはなかった。

万蔵は匕首を鞘《さや》に納めてふところに忍ばせると、何事もなかったように悠然《ゆうぜん》と踵《きびす》を返して去って行った。

翌日の昼ごろ――。

深川蛤町の妓楼《ぎろう》『三浦屋』の裏路地に、一人の男が姿を現した。先日、本所一ツ目橋付近で、酔漢《すいかん》にからまれていたお園を助けた、あの若い男である。

男は人目をはばかるように『三浦屋』の裏木戸から中に入り、庭づたいに奥座敷に足を向けると、部屋の中で帳付けをしている主人の吾兵衛に、

「旦那」

と低く声をかけた。

「おう、佐吉か」

吾兵衛は顔を上げて、男を部屋に招じ入れた。実はこの男が、万蔵が捜していた佐吉だったのだ。部屋に上がった佐吉が、気まずそうな笑みを浮かべながら、

「ちょいと、その――」

といい淀《よど》むのへ、吾兵衛がずけりと訊き返した。

「また金の無心かい？」

「へえ」

「この間渡した金は、もう遣《つか》っちまったのか」

「引っ越しで何かと物入りだったもんで」

「おめえも金遣いの荒い男だな」

渋い顔で吾兵衛は金箱から小判を一枚取り出し、ポンと佐吉の膝《ひざ》前に投げ出した。

「ありがとうございやす」

「ところで、佐吉」

吾兵衛がぎろりと見返した。

「おめえの身のまわりで、近ごろ、何か変わったことはなかったかい？」

「いえ、別に」

「ならいいんだが……、ゆんべ卯之助が何者かに殺されてな」

「卯之助さんが！」

佐吉の顔に驚愕《きようがく》が奔《はし》った。

「それとこれと関わりがあるのかどうかわからねえが、おめえの居所をひそかに探ってるやつがほかにもまだいるそうだ。くれぐれも気をつけたほうがいいぜ」

「へえ」

暗澹《あんたん》とうなずいて、「じゃ、人目につくといけねえので、あっしはこれで」と腰を上げようとすると、吾兵衛が「待ちな」と呼び止めて、

「笹木さんからまた催促されたぜ。そろそろ次の玉を探してくれと、な」

「心得ておりやす。二、三日中には何とかいたしやしょう」

「頼んだぜ」

「じゃ、ごめんなすって」

ぺこりと頭を下げて、佐吉は濡れ縁《えん》から出て行った。


その日の夕刻、佐吉は本所尾上町の盛り場の雑踏を歩いていた。

縹色《はなだいろ》の小袖をぞろりと着流し、畳表《たたみおもて》の草履《ぞうり》ばきという粋《いき》な身なりである。

暮れなずむ西空が、ようやく茜《あかね》色に染《そ》まりはじめていた。

盛り場の路地にもちらほらと灯がともり出し、その灯にさそわれるかのように、どこからともなく陸続《りくぞく》と人が流れ込んでくる。

佐吉が足を向けたのは、竪川の河口近くにある料理屋だった。

浅葱《あさぎ》色の丈の長い暖簾《のれん》に『みさと』の屋号が染め抜かれている。

京風のたたずまいの、小体《こてい》な店である。

店内には三組の客がいた。いずれも地元の分限者《ぶげんしゃ》ふうの年寄りや、商家の旦那衆らしき立派な身なりの男たちで、物静かに酒を酌み交わしている。

佐吉は店の中ほどの小座敷に上がり、注文を取りにきた中年女に、

「冷《ひ》や酒二本と烏賊《いか》の刺し身をもらおうか」

「かしこまりました」

「あ、それから――」

「はい？」

「お園って娘を呼んでもらいてえんだが」

「あ、あのう」

女は戸惑うような表情を見せた。

「お園は板場の賄《まかな》いをしていますので」

「わかってるさ。ちょいと話があるんだ。四半刻（約三十分）ほど貸してもらえねえかい」

「わかりました。ただいま呼んでまいります」

しばらくして、お園が酒と肴《さかな》を運んできた。佐吉が声をかけると、お園は「あら」といって驚いたように立ちすくみ、ぽっと頰を赤らめた。

「この近くを通ったんでな。ちょいと寄らせてもらったぜ」

「先日は、ありがとうございました」

どぎまぎしながら、お園は頭を下げた。

「よかったら、酌《しゃく》をしてもらえねえかい」

「お酌、ですか」

お園は困惑したように目を泳がせた。

「店の者にはちゃんと断ってある。気にすることはねえさ」

「はい。……では、失礼いたします」

身をすくめるようにして、お園は小座敷に上がり、ぎこちない手つきで酌をした。

佐吉は猪口《ちょこ》を手に持ったまま、じっとお園の顔を見つめている。緊張のためか、酌をするお園の手がかすかに震え、猪口の縁《ふち》から酒がこぼれ落ちた。

「あ、ごめんなさい」

「なに、いいってことよ」

佐吉は白い歯を見せて笑い、

「この間はいい忘れたが、おれは佐吉って者だ」

「この近くに、お住まいですか？」

含羞《がんしゅう》に頰を染めながら、お園は消え入りそうな声で訊いた。

「ああ、亀澤町《かめざわ》に住んでる。……おまえさん、歳はいくつだい？」

「十六です」

「そうは見えねえな」

「いくつに見えます？」

「二十三ぐらいかな」

「そんな——」

「冗談だよ」

佐吉は、また白い歯を見せて笑った。それにつられて、お園もくすっと笑った。

2

佐吉には女心をつかむ天性の才があるのだろう。

徳利一本を空《あ》けるまでのほんのわずかな間に、お園の心はすっかり打ち解けて、問わず語りに自分から身の上話を打ち明けるほど、口も軽くなっていた。

「その若さで、おまえさんも苦労が多いんだな」

お園の話を聞いて、佐吉がしみじみとつぶやいた。

「でも……」

と、お園は屈託《くったく》なく微笑《わら》って、

「わたしは苦労だなんて思ってません。それより、おっ母《か》さんの体のことが心配で」

「医者に通ってもよくならねえのかい？」

「ええ、少しはよくなったかと思うと、また急に具合が悪くなったり。このところそれの繰り返しなんです」

「そうかい。そりゃ心配だな」

「あ、ごめんなさい。お客さんに愚痴《ぐち》なんかこぼしてしまって」

「お園」

佐吉が真剣な目で射すくめた。切れ長な目がきらきらと光っている。まぶしいほど熱いその眼差《まなざ》しに、お園は当惑するように顔をそむけた。

「ひょっとしたら、おまえさん、疫病神《やくびょうがみ》に取り憑《つ》かれているのかもしれねえぜ」

「疫病神に？」

不安げな表情で、お園は訊き返した。

「おっ母さんの病が治らねえのも、そのせいかもしれねえ。一度易者《えきしゃ》に見てもらったらどうだい？」

「でも、易者さんの見料《けんりょう》って――」

「金のことなら、心配いらねえさ。おれの知り合いによく当たる易者がいるんだ。何なら引き合わせてやってもいいぜ。おれの口利きなら見料なんか取らねえさ」

お園が返答をためらっていると、

「仕事は何刻ごろ終わるんだい？」

「今日は早出だったので、五ツ（午後八時）には終わります」

「そうかい。じゃ善は急げだ。今夜連れてってやろう」

「今夜？」

「五ツ少し過ぎに、両国橋の東詰で待ってるぜ」

そういうと、佐吉は酒代をお園に手渡し、

「店の者に勘繰《かんぐ》られると困るからな。おれにさそわれたことは内緒にしとくんだぜ」

ささやくようにいって、ひらりと店を出て行った。

それから一刻後、本所入江町の五ツの鐘が鳴り終わったころ、東両国の広小路の雑踏の中にお園の姿があった。

人波に揉《も》まれながら、ようやく両国橋の東詰の袂《たもと》にたどりつくと、目ざとくお園の姿を見つけた佐吉が、「よう」と寛闊《かんかつ》な声をかけて歩み寄ってきた。

「佐吉さん」

お園は息をはずませて駆け寄った。

「お待たせして、申しわけありません」

「なに、おれもいま着いたところさ。行こうか」

と、あごをしゃくってうながす佐吉に、

「ここから近いんですか」

お園が訊いた。

「ああ、橋を渡ってすぐのところだ。はぐれねえように、しっかりおれについてくるんだぜ」

二人は肩を並べて両国橋を渡った。

この夜も大川の川面《かわも》は、涼《すず》み船《ぶね》の明かりでびっしり埋めつくされている。

橋の西側は江戸屈指の繁華街・両国広小路である。

火除《ひよ》け地として拡張された両国の広小路は、米沢《よねざわ》町や吉川《よしかわ》町、横山《よこやま》町、下柳原同朋《しもやなぎわらどうぼう》町などの町屋で構成され、著名な商家や料理茶屋、待合茶屋などが軒をつらねている。

川端には、芝居《しばい》、軽業《かるわざ》、講釈、覗《のぞ》きからくり、手妻《てづま》、見世物などの筵掛《むしろが》けの小屋や、一荷《いちに》売りの食べ物屋、呑み屋などの四文店《しもんみせ》が立ち並び、多くの客が群れ集まっていた。

佐吉が足を向けたのは、米沢町三丁目の路地だった。

「あれだよ」

と指差した先に、ぽつんと小さな明かりが見えた。

辻占《つじうらな》いの小行燈《こあんどん》の灯《ひ》である。

近づいて見ると、三尺四方の台を前にして、編笠《あみがさ》をまぶかにかぶり、古紋付きの黒羽二重《はぶたえ》に青鈍《あおにび》色の龍紋《りゆうもん》の袴《はかま》、腰に小脇差を帯した大柄な浪人が座っていた。台の上には『易観相《かんそう》・白雲堂《はくうんどう》』と記した小行燈や天眼鏡《てんがんきよう》、筮竹《ぜいちく》などが置かれてある。

「先生、おひさしぶりです」

佐吉が声をかけると、編笠の浪人はおもむろに顔を上げて、

「おう、佐吉か」

「お手空《てす》きでしたら、この娘の運勢を見てやってもらいてえんですが」

「よかろう」

編笠の浪人は鷹揚《おうよう》にうなずいた。

「白雲堂の梶川卜龍《かじかわぼくりゅう》先生だ。さ、こっちにきな」

佐吉にうながされて、お園はおずおずと台の前に立った。

「名は何と申す？」

「お園と申します」

「歳は？」

「十六です」

「十六というと、文政十一年戊《つちのえ》子《ね》の生まれだな」

「はい」

「生まれ月は？」

「七月九日です」

梶川卜龍は、台の上の筮竹の束を手に取ると、節《ふし》くれ立った大きな手でそれを揉むように混ぜ合わせながら、口の中で何やらぶつぶつと呪言《じゅげん》を唱えた。

筮竹は「筮《めどき》」ともいい、以前は蓍萩《めどはぎ》の茎《くき》を用いたが、近年は竹を削ったものが使われ、五十本を一組とした。

お園は緊張の面持ちで、卜龍の手元をじっと見つめている。やがて、

「見えたぞ」

編笠の奥から、太い声が洩《も》れた。

「おまえの父親は……、二年前に死んだ」

「！」

ずばりいい当てられて、お園は目を丸くした。

「病死ではない。高所から転落して死んだのじゃ」

「…………」

お園はほとんど絶句した。驚きのあまり、肩がかすかに震えている。

「それから間もなく、母親も仕事の無理が祟《たた》って病の床《とこ》に臥《ふ》した」

これも図星《ずぼし》だった。お園は金縛りにあったように硬直している。もとより、この占いが仕組まれたものであることを、お園は知るよしもなかった。

お園に関するすべての情報は、事前に佐吉からもたらされていたのである。

「おまえの両親に降りかかった不幸は、決して偶然ではない。悪霊《あくりよう》のなせる業

じゃ」

「悪霊！」

お園の顔が凍りついた。

「おまえの母方の先祖は貧しい民《たみ》を苦しめ、悪行に悪行を重ねて財を成《な》した。その怨念《おんねん》がおまえの身に乗り移ったのじゃ」

「あ、あの――」

お園が蒼白な顔で、訊き返した。

「一体どうしたら、その悪霊を取り除くことが？」

「一つだけ方策はある」

卜龍は手にした筮竹の束を、静かに台の上に置いた。

「未申《ひつじさる》（西南）の方角に霊験《れいげん》あらたかなる寺がある。その寺に参籠《さんろう》し、除霊の祈禱《きとう》を受けることじゃ」

「何というお寺でしょうか？」

「それは――」

といいさして、卜龍はふたたび筮竹の束を手に取って占いはじめたが、

「まだ卦《け》に出ておらぬ。明日の六ツ（午後六時）ごろ、もう一度わしを訪ねてく

るがよい。それまでに占っておこう」

「卜龍先生がそうおっしゃってるんだ」

横合いから、佐吉が口をはさんだ。

「いわれる通りにしたほうがいいぜ」

「はい」

お園はこくりとうなずいた。

「じゃ、先生。よろしくお願いいたします」

卜龍に一礼すると、佐吉はお園をうながして人混みの中に消えて行った。

「ごめんください」

六畳間で昼寝をしていた万蔵は、女の声で目を覚まし、あわてて店に飛び出した。

店先に三十四、五の見るからに婀娜《あだ》っぽい女が立っていた。東両国の藤代《ふじしろ》町で小料理屋をいとなむ、お浜《はま》という女である。

「やあ、お浜さん、おひさしぶりでござんす」

精一杯の愛想笑いを浮かべて、お浜を中に招じ入れた。

「お暑うございますねえ」

お浜は上がり框《がまち》に腰を下ろし、パタパタと扇子《せんす》を使いはじめた。

「お浜さんも変わりはねえようだが、店のほうはうまくいってるんで？」

「おかげさまで。このところ、やっと帳尻が合うようになりましたよ」

「そうですかい。そりゃ、ようござんした」

深川門前仲町で芸者をしていたお浜が、藤代町に小さな店を構えたのは五年前のことだった。万蔵とは古着の売買を通じて、そのころからの付き合いである。

「これまでの苦労がようやく報われたってわけでござんすね」

「でも、まだまだ気は許せませんよ。水商売なんて明日はどうなるかわからない稼業ですからねえ。ほら、これを見てくださいな」

と、お浜は自分の着物を指差した。

「一年前に万蔵さんの店で買った着物、まだ着てるんですよ」

「さすがはお浜さん、物持ちがいいや」

「大事に使ってきたつもりですけど、見てのとおり色も少し褪《あ》せてきたし、裾《すそ》のほうもすり切れてきたので、そろそろ――」

「新しいのに買い換えるつもりでござんすか」

「といっても、新品はとても無理ですからねえ。万蔵さんのところで何かいい出物でもあればと思って」

「それなら、打ってつけの品がありやすよ」

ポンと手を叩《たた》いて、万蔵は店の奥から三枚の着物を持ってきた。お園から買い取った例の着物である。お浜はそれを一枚一枚膝の上で広げて見ながら、

「まあ、三枚とも新品同様じゃないですか」

「一度も袖を通したことがねえそうですよ」

「そう」

お浜の目が輝いている。買う気満々の表情である。

「おいくらでゆずってもらえるの？」

「新品で買えば、一枚五両は下らねえ上物ですからねえ。一枚一両二分といいてえところだが、ほかならぬお浜さんだ。一両にまけておきやすよ」

「わかりました」

お浜はためらいもなくいった。

「三枚まとめていただきましょう」

いかにも辰巳《たつみ》芸者上がりらしい気っぷのよさである、三両の金子《きんす》を万蔵の前に

置くと、お浜は買い取った三枚の着物を古紙に包んでせかせかと出て行った。

「三両か――」

万蔵は複雑な表情で三両の金子を見つめた。一両で買い取った着物が三倍の値段で売れたのだから、まさに、

〈濡れ手で粟《あわ》のぼろ儲け〉

なのだが、しかし、それを素直に喜べぬ、うしろめたさのようなものが、万蔵の心のすみに引っかかっていた。

そもそもあの三枚の着物は、お園という娘が母親の病気の治療代を工面するために売りにきたものなのである。そのときのお園の健気《けなげ》な顔が瞼《まぶた》にちらついている。

――一両は安過ぎたかもしれねえな。

もう少し高値で買ってやれば、お園ももっと母親孝行ができただろうと、内心忸怩《じくじ》たる思いを抱きながら、万蔵は三両の金子をふところに入れて腰を上げた。

3

万蔵が足を向けたのは、本所石原《いしわら》町にある老舗《しにせ》の生薬屋《きぐすり》『萬生堂《まんせいどう》』だった。お園の母親・おひろに高麗人参《こうらいにんじん》を買ってやろうと思い立ったのである。

高麗人参は腹痛、下痢、嘔吐《おうと》、強壮《きょうそう》、強心、滋養《じよう》に薬効《やっこう》があるとされ、古くから珍重《ちんちょう》されてきた漢方薬だが、国内での栽培は難しく、庶民にとっては文字どおり高嶺《たかね》の花であった。万蔵が買った高麗人参も、二百匁《もんめ》で一両二分もする高価なものである。

それを持って万蔵は入江町〝鐘の下〟の弥兵衛店に向かった。

井戸端で洗い物をしていた長屋の女房におひろの住まいを聞いて、その家を訪ねると、障子戸の間から色の白い面《おも》やつれした女が顔をのぞかせて、

「どちらさまですか？」

とけげんそうな目を向けた。お園の母親・おひろである。

「おひろさんですかい？」

「ええ」

「古着屋の万蔵って者《もん》だが」

「古着屋の？　ああ、いつぞやは娘が大変お世話になりました」

鬢《びん》のほつれ毛を手で撫《な》でつけながらおひろは、丁重に頭を下げた。病身とはいえ、まだ三十なかばの若さである。胸元や腰のまわりには匂うような色気がただよっている。

「どういたしやして。おかげであっしもいい商売になりやしたよ」

「売れたんですか、あの着物」

「へえ。ついさっき買い手がつきやして」

「そうですか」

「ま、その、お礼といっちゃ何だが、娘さんがあんたの体を心配していたんでね、滋養のために高麗人参を買ってきやしたよ」

「まあ、そんな高価なものを――」

「ほんの気持ちでござんす。納めておくんなさい」

「お気を遣っていただいて申しわけございません。では、お言葉に甘えて遠慮なく」

押しいただくようにして、おひろは包みを受け取った。

「娘さんは仕事ですかい？」

「いえ、二日前に御籠《おこもり》に行くと申しまして」

「御籠？」

「わたしの病気の治癒祈願をするために、五日間ほどお寺に籠もると申しておりました」

「ほう、寺籠もりとは感心な……、どこの寺ですかい？」

「くわしいことは何も申しておりませんでした。それをしゃべってしまうと御利益がなくなるとかで」

「なるほど」

「お園に何か御用でも？」

「いや、別に……、気が向いたら、あっしの店に遊びにくるようにと、そう伝えておくんなさい」

「ご丁寧にありがとうございます」

「じゃ、お大事に」

といって、万蔵は踵を返した。

〝鐘の下〟の入り組んだ路地を抜けて、竪川の掘割通りに出たところで、入江町の時の鐘が八ツ（午後二時）を告げはじめた。耳を聾《ろう》さんばかりの大音響である。

その音を背中に聞きながら、万蔵は物思いに耽《ふけ》るような面持ちで、掘割通りを西に向かってゆっくり歩いていた。

何か妙に懐かしいような、甘酸っぱい感情が万蔵の胸をひたしていた。

おひろの顔に昔の女の面影を見たのである。

といっても、顔が似ているわけではなかった。容貌は、むしろおひろのほうがはるかに美人だった。ただ、おひろのちょっとした表情や仕草、声音《こわね》、おっとりした物言いに、忘れかけていた昔の女の面影を見たような気がしたのである。

「早えもんだ。あれから、もう十年になるか」

遠くを見るような目つきで、万蔵はぽつりとつぶやいた。

駿河国《するがのくに》の江尻《えじり》で生まれ育った万蔵は、二十歳《はたち》のときに博奕《ばくち》のいざこざで刃傷《にんじょう》沙汰《ざた》を起こし、二の腕に前科者の烙印《らくいん》ともいうべき墨《すみ》を入れられて所払《ところばら》いになった。

その後、あちこちを転々と流れ歩き、三十四歳の春を迎えたときに、中山道洗《なかせんどうせ》馬宿《ばじゆく》の問屋場《といやば》に伝馬人足《てんまにんそく》の職を得て住みつくことになった。

そこで知り合ったのが、問屋場で女中をしていたおみのという女だった。

当時、おみのは二十三歳だった。お世辞にも美人とはいえなかったが、色白でぽっちゃりした顔には妙な色気があったし、何よりも純朴で素直な性格が、商売女しか知らない万蔵の目にはひどく新鮮に映ったのである。

おみののほうもひそかに万蔵に好意を抱いていたらしく、周囲の目をはばかりながら、何くれとなく万蔵の身のまわりの世話をしてくれた。そんなおみのに、

「おれはおめえが好きだ。ここを出て一緒に暮らさねえかい」

と万蔵が持ちかけたのは、問屋場に住み込んでから三月後のことだった。

おみのはびっくりしたように目を見張ったが、みるみるその目に涙が溢れてきた。

万蔵はやさしくおみのの肩を引き寄せた。

白い胸の谷間から馥郁《ふくいく》たる香りがただよってくる。

おみのの体を畳《たたみ》の上に静かに横たわらせると、万蔵はその上におおいかぶさるようにして胸元に顔を埋《うず》めた。

「あ、ああ……」

おみのの口からかすかに喜悦《きえつ》の声が洩れた。着物の裾が乱れ、肉《しし》つきのよい太《ふと》股《もも》があらわになった。万蔵は我を忘れておみのの白い裸身をかき抱いた。

その数日後、二人は奉公先の問屋場を出て、宿場内の長屋に居を移した。つましいながらも平穏で仕合わせな暮らしがはじまったのである。

だが、その仕合わせも長くはつづかなかった。

長屋に移り住んで半月たったある晩、思いも寄らぬ悲劇に見舞われたのである。

問屋場の主人に頼まれて脇本陣《わきほんじん》に手伝いに行ったおみのが、公用で脇本陣に当宿していた信州松本《まつもと》藩の藩士二人に手込めにされるという事件が起きたのだ。

しかも、悲劇はそれだけでは終わらなかった。

二人の侍に散々《さんざん》なぶられた末、深夜になってようやく解放されたおみのは、気がふれたように闇の中をさまよい歩いたあげく、洗馬宿の南に流れる小沢《おざわ》川の急流に身を投じてしまったのである。

万蔵が事件を知ったのは、翌朝の四ツ（午前十時）ごろだった。

小沢川の下流に住む杣人《そまびと》が、川岸に打ち上げられたおみのの死体を見つけて宿場役人に通報し、万蔵の耳に入ったのである。

問屋場に運ばれてきたおみのの亡骸《なきがら》を確認すると、万蔵はすぐその足で脇本陣を訪ね、顔見知りの小者をつかまえて、

「ゆんべ、おみのの身に何があったんだ！」

嚙《か》みつかんばかりに激しく問い詰めた。最初はのらりくらりと言《げん》を弄《ろう》して白《しら》を切っていた小者も、万蔵の凄《すさ》まじい剣幕に恐れをなして、不承不承《ふしょうぶしょう》事実を打ち明けた。

「なに！　二人の侍がおみのを手込めにしただと！」

その二人はすでに脇本陣を発《た》って松本に向かったという。

万蔵はすぐさま長屋にとって返し、身支度《みじたく》をととのえて二人のあとを追った。

洗馬宿を出てしばらく中山道を北上すると、やがて前方に広大な原野が見えた。

桔梗《ききょう》ケ原《はら》である。この原野は、かつて武田信玄《たけだしんげん》方の先鋒《せんぽう》と松本の小笠原《おがさわら》氏とが戦い、激戦の末に武田方が勝利したという古戦場でもある。

万蔵の目に、街道を行く旅装の二人の武士の姿が飛び込んできた。

（あの二人に違いねえ）

と直観《ちょっかん》した万蔵は、脇差《わきざし》を引き抜くなり、脱兎《だっと》の勢いで二人の背後に迫った。

気配に気づいて一人が振り返った瞬間、抜き身の脇差が武士の顔面に叩き下ろされた。バサッと塗笠《ぬりがさ》が切り裂かれ、その裂け目から血に染まった武士の顔がのぞいた。

「な、なにやつ！」

度肝《どぎも》を抜かれて、もう一人が刀の柄《つか》に手をかけたが、それより速く、万蔵の脇差が武士の胸板をつらぬいていた。

二人の武士は血しぶきを撒《ま》き散らしながら、ほぼ同時に地面に倒れ伏した。

「ひ、人殺し！」

「誰か、お役人を！」

叫びながら右往左往する旅人の群れを、蹴散《けち》らすようにして万蔵は走り去った。

事件後、道中奉行や松本藩の町奉行所の者たちが探索に乗り出したが、万蔵の行方は杳《よう》として知れなかった。

（あれから、もう十年になるか）

万蔵はまた同じ言葉を胸の中でつぶやいた。

おみのが生きていれば、いまごろ二人の間にお園のような娘がいたかもしれないし、その後の万蔵の人生もまた大きく変わっていただろう。

そう思うと、やるせないほどの感懐《かんかい》が胸にこみ上げてきた。

(ちっ、柄《がら》にもねえ……)

万蔵は自嘲の笑みを浮かべ、気を取り直すように歩度を速めた。

土井能登守《どいのとのかみ》の下屋敷の築地塀を右に曲がったところで、ふいに万蔵は足を止めた。

前方から絽《ろ》の黒羽織《くろばおり》に朽葉《くちば》色の小袖を着流しにした長身の武士がやってくる。

「旦那――」

仙波直次郎である。

「おう万蔵、出かけていたのかい?」

「へえ。旦那は?」

「おめえの店を訪ねようと思っていたところだ」

「あっしに何か?」

「いや、大した用事じゃねえ。その後の様子を訊こうかと思ってな」

「何のお構いもできやせんが、どうぞ」

そこから万蔵の家は、もう目と鼻の先である。

直次郎を店の奥の六畳間に招じ入れると、万蔵は裏庭の井戸に浸けておいた一升徳利と茶碗を二個、盆《ぼん》にのせて運んできた。それを見て直次郎が、

「まだ仕事があるんだ。酒は遠慮するぜ」

「これは酒じゃありやせん。麦湯《むぎゆ》ですよ」

「ほう、おめえが作ったのか」

「へえ」

万蔵は一升徳利の麦湯を茶碗に注いで差し出した。それをぐびりと飲み干して、

「うめえ」

直次郎は思わずうなった。

「そこらへんの茶店で飲む麦湯より、こっちのほうがよっぽどうまいぜ」

「そりゃ、どうも」

と頭を下げ、直次郎の茶碗に麦湯を足しながら、

「彦兵衛殺しの下手人《げしゆにん》がわかりやしたよ」

「誰なんだ？」

「蛤町を縄張りにしてる、卯之助って地廻りで」

「半次郎を襲ったのも、そいつか」

「へえ。『三浦屋』のあるじの差し金で動いていたそうです」

「『三浦屋』の差し金……?」

「自分はいわれたとおりにやっただけで、くわしいことは何も知らねえと」

「佐吉の居所も知らねえのか」

「本所のほうに引っ越したそうで。それ以上のことは知らねえといっておりやした」

「ふーん」

「野郎が白状したのはそれだけです。大した収穫はありやせんでしたがね、とりあえず彦兵衛の仇《かたき》だけは討っておきやしたよ」

「仇? てえと、卯之助を――」

「始末しやした」

こともなげに応えると、万蔵はずずっと音を立てて麦湯をすすった。

「なあ、万蔵」

「へい」

「どうやら『三浦屋』のあるじってのはただ者じゃなさそうだな。いってえ何者なんだい？」

「歳は五十二、三。名は吾兵衛。七年ほど前に小金を持って甲府《こうふ》から江戸に出てきて、銭相場で大儲けをしたそうですよ」

「ほう」

「その金で商いの傾いた老舗の料理茶屋を買い取りやしてね。それにちょいと手を加えていまの妓楼をはじめたそうなんですが、それからあとはトントン拍子、わずか五年で蛤町一の大見世《みせ》にのし上がったってわけで」

「なるほど、ちょっとした立志伝中《りっしでんちゅう》の男だな」

「けど、旦那」

万蔵は苦い顔で首を振った。

「きれいごとだけじゃ金儲けはできやせんからね。裏に廻ったら何をしてるのかわかりやせんよ。現に野郎は卯之助を使って彦兵衛を殺してるんですから」

「それなんだがな、万蔵」

直次郎の顔が険しく曇っている。

「彦兵衛を殺してまで、佐吉を庇《かば》わなきゃならねえ理由は、どこにあるんだ？」

「実は、そこんところが、あっしにもまだ――」

「見えてこねえか」

「へえ。もうしばらく猶予《ゆうよ》をいただきてえんですが」

「いいだろう。別に急ぐ話じゃねえからな」

直次郎は茶碗に残った麦湯を一気に飲み干して、腰を上げた。

4

日本橋堀留《ほりどめ》町の荒物屋『杵《きね》屋』の店先に、編笠で面《おもて》を隠した浪人者が立っていた。

右手に『易観相・白雲堂』と記した旗竿《はたざお》を持ち、左小脇には小さな風呂敷包みを抱えている。両国米沢町の路地角で辻占いをしていた梶川卜龍である。

まるで石地蔵のように、微動だにせず仁王立ちしている卜龍に、道行く人々がけげんそうな目を向けながら足早に通り過ぎて行く。

ややあって店の中から番頭らしき小柄な男が出てきて、

「あのう、手前どもに何か御用でも？」

恐る恐る訊ねると、

「用はない。家相を観《み》ておるのじゃ」

編笠の下から、卜龍の野太い声が返ってきた。

「家相？　と申しますと」

「この店には火難《かなん》の相が出ておる」

「火難の相！」

番頭の顔が硬直した。

「十日のうちに丑寅《うしとら》（北東）の方角から火が出ると家相に出ておる」

「め、めっそうもございません。手前どもの店は秋葉《あきば》さまのご加護《かご》のおかげで、創業以来一度も火を出したことが――」

秋葉さまとは、火之迦具土大神《ほのかぐつちのおおかみ》を祀《まつ》った遠州《えんしゅう》・秋葉神社のことで、火伏《ひぶ》せの神として庶民の信仰を集めていた。

とりわけ火災多発都市の江戸では、火難を恐れる人々によって秋葉講《あきばこう》が組織され、秋葉詣《もう》でが盛んに行われていた。『杵屋』もその講に加入していたのである。

「では、訊くが」

卜龍が編笠のふちをわずかに押し上げた。刃物のように鋭い目がのぞいている。

「秋葉講に加入している商家で、火を出した店、あるいはもらい火を受けた店は一軒もないと申すのか」

「一軒も、と申されましても」

困惑する番頭に、

「これまでに、わしが家相を観た商家が、四軒も火難にあっておる」

卜龍が切り込むようにいった。返す言葉もなく番頭は絶句している。

「その四軒はいずれも秋葉講に加入していた商家だったが、わしの易観相を信じなかったばかりに火難にあったのじゃ」

「あ、あの、手前は決して先生の占いを信じないと申しているのでは」

「ならば――」

卜龍は左小脇に抱えていた風呂敷包みの中から、細長い札のような物を取り出した。

「この護符を竈《かまど》の上に張っておくことだな」

札には「天応院・火伏之護符」としたためてある。

「この護符《ごふ》は……、いかほどでございますか」

「十両じゃ」

「十両！」

番頭は目を剝《む》いた。

「天応院権大僧都・法念上人さま御真筆《ごしんぴつ》のありがたい護符じゃ。これを祀っておけば子々孫々、未来永劫《えいごう》、火難厄災《やくさい》にあうことはあるまい。十両の護符代はその御利益にあずかるための応分の喜捨《きしゃ》と心得よ」

「あいにくでございますが」

番頭は畏怖《いふ》するように腰を低くして、

「ただいま主人が他出《たしゆつ》しておりまして、手前の一存で十両もの大金をお出しするわけにはまいりませんので」

「そうか。ならば無理にとは申さぬ。せいぜい火の元には気をつけることだな」

いい捨てて、卜龍は傲然《ごうぜん》と立ち去って行った。


その日の夕刻――。

夕闇に包まれた天応院の参道に、編笠をかぶった梶川卜龍の姿があった。

生《お》い茂る木々の葉の間から、ほのかな残照《ざんしよう》がきらきらと洩れて、参道の石畳に綾模様《あやもよう》を描き出している。早くも木立の奥で仏法僧《ぶっぽうそう》が鳴きはじめていた。

山門をくぐり抜けて広い境内に出ると、卜龍は本堂の左奥の方丈《ほうじょう》に足を向けた。

方丈は住職の住まいと客殿をかねた建物である。

玄関の前で、卜龍はおもむろに編笠をはずし、面体《めんてい》をあらわにした。眉が細く、両目は狐のように吊り上がり、唇が極端に薄い、見るからに狡猾《こうかつ》そうな面構えである。

玄関から廊下に上がると、奥から笹木弥九郎が出てきて、

「梶川どの、ご苦労でござった。どうぞ、こちらへ」

と卜龍を奥の部屋に案内した。十畳ほどのその部屋には、三人分の酒肴《しゅこう》の膳部がととのっており、先着していた男が手酌で酒を呑んでいた。町医者の村井宗庵である。

「お先にやらせていただいております」

と頭を下げる宗庵に、

「おう、村井どのもお見えだったか」

軽く会釈を返して、卜龍も膳部の前にどかりと腰を据えた。

「まずは一献《いっこん》」

笹木弥九郎が酌をしようとすると、卜龍は手を振ってそれを制し、

「その前に、これを――」

ふところから、ずっしりと重みのある布袋を引き出して、畳の上に置いた。

「今日は七軒ほど歩いて、当たりは六軒ござった」

「と申すと、はずれの一軒は？」

「日本橋堀留の『杵屋』と申す荒物屋。体《てい》よく断られ申した」

「ほう、それはまた罰《ばち》当たりな……」

笹木は険しい顔でつぶやいたが、

「ま、それにしても、七軒中六軒とは上々の首尾でござる」

いいつつ、布袋の中をのぞき込んで、にんまりと北叟笑《ほくそえ》んだ。小判がぎっしり詰め込まれている。総額六十両。火伏せの護符を売った金である。

「では、約束どおり山分けということで」

三十両の金子を卜龍に手渡すと、笹木は手文庫の中から切餅《きりもち》一個（二十五両）を取り出して、村井宗庵の膝前に置いた。

「これは先日『奈良屋』からせしめた祈禱料、宗庵どのの取り分でござる」

「かたじけのうございます」

宗庵は満面に笑みを浮かべ、切餅をわしづかみにしてふところにねじ込んだ。

それから酒宴になり、しばらく談笑がつづいたあと、卜龍がふと思いついたように、

「ところで笹木どの、あの娘は使いものになりそうかな？」

お園のことである。

「ああ、あの娘はなかなかの上玉でござった。それに気立ても素直なので、今後が楽しみでござる」

そういって笹木は意味ありげに笑ったが、ふっとその笑みを消して、

「何か気がかりなことでも？」

「いや、なに――」

卜龍は酒杯を口に運びながら、

「佐吉が送り込んだ娘が、二人も逃げ出したと聞きおよび申したのでな」

「あれは当方の手抜かり。二度とあのようなことが起きぬよう、見張りの者に厳しくいいふくめおいたので、なにとぞご容赦《ようしゃ》を」

「いや、いや、拙者、そのようなつもりで申したのでは……」

苦笑いを浮かべて、卜龍は手を振った。

「ま、これに懲《こ》りず、ご両所には今後ともお力添えをいただきたい。末永くお付き合いのほどを」

と慇懃《いんぎん》に低頭し、笹木は二人に酌をした。

それから半刻ほどして、

「では、手前どもはこれにて、ごめんを」

と梶川卜龍と村井宗庵が座を立った。二人を玄関まで見送ると、笹木は方丈の裏口から渡り廊下を伝って、本堂裏手の祈禱所に足を向けた。

戸口の左右に、黒の僧衣をまとった屈強の僧が二人、立っている。

「変わりはないか？」

「はっ」

「娘どもは？」

「修法《しゆほう》中でございます」

「ごらんになられますか」

「うむ」

「どうぞ、中へ」

一人が分厚い杉板の戸を引き開けて、中に案内した。

入口から奥に向かって長い廊下がつづき、右側に板壁で仕切られたいくつもの部屋があった。案内役の僧は手前から二番目の部屋（修法部屋）の前で足を止めた。

その部屋の戸口にも監視役の僧が二人、立ちはだかっていた。

部屋の板戸に、無双連子《むそうれんじ》の小窓がついている。

笹木は連子をそっと引き開けて、小窓から部屋の中をのぞき込んだ。

四方を板壁で囲まれた二十畳ほどの板敷きの大広間である。

部屋の四隅に掛けられた網雪洞《あみぼんぼり》のほの暗い明かりの中で、若い娘が六、七人、口々に呪《じゅ》を唱えながら、無心に五体投地《ごたいとうち》の修法を行っていた。

いずれも十六、七の幼い面立《おもだ》ちの娘ばかりである。その中にお園の姿もあった。

娘たちが身にまとっているのは、薄紅色の蟬《せみ》の羽のような薄衣《うすぎぬ》一枚で、下には何も着けていない。汗で濡れた体に薄衣がぴったりと張りつき、白い裸身が透けて見えた。

小ぶりで形のよい乳房、くびれた胴、しなやかな下肢——無垢《むく》で生硬《せいこう》な娘たちの裸身には、成熟した女にはない清冽《せいれつ》な色気がただよっている。

ごくり。

と生唾《なまつば》を飲み込むと、笹木は小窓の連子を静かに閉めて背を返した。

「伊亮《いすけ》」

祈禱所を出たところで、笹木が案内役の僧に声をかけた。

「はっ」

「また一人、仏罰《ぶつばち》を下さねばならぬ者が出たぞ」

「何者でございますか」

「日本橋堀留の荒物屋『杵屋』だ。今夜じゅうにやってくれ」

「心得《こころえ》ました」

笹木が立ち去って四半刻（約三十分）ほどたったとき、渡り廊下に人影が浮かび立った。

法念上人である。袈裟《けさ》や法衣《ほうえ》、十徳《じっとく》、袴などはいっさい身につけず、白綾の小袖の着流しという略装である。

見張りの二人の僧が緊張の面持ちで一礼し、素早く杉戸を引き開けると、法念は二人に無言の一瞥《いちべつ》をくれて祈禱所に入り、修法部屋の監視役の僧の一人に、

「お園と申す娘を灌頂《かんじょう》部屋に連れてまいれ」

といいおいて、廊下の奥の部屋に入って行った。

5

灌頂部屋——一定の修法を了《お》えた宗徒に、さらなる秘法を伝授するための、秘密の儀式を行う部屋を天応院ではそう称している。

部屋の広さは、およそ十畳。正面に御簾《みす》を垂らした上段の間があり、左右の壁には紫縮緬《ちりめん》に白い菊を染め出した幕が張りめぐらされている。

部屋のどこかで香が炷《た》かれているのだろう。板敷きの中央に据えられた朱《しゅ》塗りの燭《しょく》台《だい》の明かりに、かすかな煙がたゆたっている。

ギイ。

ふいにきしみ音を発して、板戸が引き開けられ、戸口に人影が立った。

薄衣をまとったお園である。

「お園か」

御簾の奥から、法念のくぐもった声がした。

「はい」

「戸を閉めて、燭台の前へ」

命じられるまま戸を閉めて、お園はおずおずと燭台の前に歩み寄った。

燭台の百目《ひやくめ》蠟燭《ろうそく》の妖《あや》しげな明かりが、薄衣を透してお園の白い裸身を照らし出している。

「衣《ころも》を脱ぎなさい」

また御簾の奥から、法念の声がした。暗がりでその姿は見えないが、まるで地獄の底からわき立つような低い、陰気な声である。

お園は羞恥《しゆうち》に顔を赤らめて逡巡《しゆんじゆん》している。

「恥ずかしいか」

やや声を高めて、法念は叱りつけるようにいった。

「まだ修行が足りぬようじゃな」

「…………」

「人は貴賤富貴《きせんふうき》にかかわらず、誰もが生まれたときは素っ裸《すぱだか》だった。裸が恥ずかしいと思うのは、成長とともに俗世の垢《あか》にまみれ、心に邪念が生じたからじゃ」

お園はじっとうつむいて聞いている。

「よいか、お園。いっさいの邪念を捨てて赤子にもどることじゃ。その上で、おまえの体に取り憑いた悪霊をわしが取り除いてやる」

「…………」

「わかったか、お園」

「は、はい」

声を震わせて、お園はうなずいた。

「では、衣を脱いで裸になれ」

呪縛《じゅばく》にかかったように、お園は薄衣をはらりと脱ぎ捨てた。

文字どおり一糸まとわぬ全裸である。

張りのある白く艶やかな肌。ふっくらと盛り上がった乳房。淡紅色の乳首。股間には申しわけ程度の薄い秘毛が生えている。犯しがたいほど初々しい裸身である。

「どうじゃ？　もう羞恥はないか」

「はい」

憑き物が落ちたように、お園ははっきりと応えた。

「よし」

声とともに、上段の間の御簾がすーっと引き上げられた。

そこに現れたのは繧繝縁《うんげんべり》の二畳台と二つ重ねの紺緞子《こんどんす》の布団。その上に下帯《したおび》一つの、ほとんど全裸に近い姿の法念がどかりと胡座《こざ》していた。

四十過ぎとは思えぬ、引き締まった隆々たる体つきである。

「こちらに来なさい」

「はい」

法念の声に引き寄せられるように、お園はゆっくり歩を進め、上段の間に上がった。

「ここに寝るのじゃ」

まるで傀儡《くぐつ》人形のように、お園はいわれるまま二つ重ねの布団の上に仰臥《ぎょうが》した。

そのかたわらにひざまずくと、法念は払子《ほっす》（獣《けもの》の長毛を束ねたものに柄《え》をつけた法具）を手に取り、口の中でぶつぶつと呪文を唱えながら、払子の毛先でお園の乳房のまわりを円を描くようにゆっくり愛撫《あいぶ》しはじめた。

むずむずと虫が這うようなこそばゆさに、お園は思わず身をくねらせた。

全身に鳥肌が立っている。

払子の愛撫は乳房から臍《へそ》のまわり、腰、太股、そして下腹へと執拗《しつよう》につづけられた。

やがてお園の口から喜悦とも苦悶《くもん》ともつかぬあえぎ声が洩れはじめた。

「どうじゃ？　気持ちよいか」

法念がささやくようにいった。お園は身をくねらせて耐えている。

「おまえの体の中で悪霊があがき苦しんでおるのじゃ」

そういうと、法念は払子を枕辺に置いて、お園の胸に顔を埋め、

「わしが悪霊を吸い取ってやる」

と乳房をわしづかみにして、乳首を吸った。

「あ、ああ……」

絶え入るような声を発して、お園は身をよじらせた。

法念の右手がお園の股間に滑り込んでゆく。

「あっ」

と、お園はのけぞった。法念の指先が秘孔《ひこう》に入ったのだ。

「出るぞ。ここからも出るぞ」

秘孔の肉襞《にくひだ》がおののくように震え、じわっと愛液がにじみ出てくる。

「ほれ、ほれ、濡れてきたぞ。これが悪霊の正体じゃ」

法念の指はさらに秘孔の奥へと進入してゆく。

お園の体に閃電《せんでん》のような快感が奔った。生まれてはじめて味わう不思議な感覚だった。頭が真っ白になり、無間《むげん》の闇の底に落ち込んでゆくような、そんな感覚だった。

「あ、あーっ」

無意識裡《むいしきり》に、お園は喜悦の声を上げていた。

「よいか？　お園。よいか？」

「と、とても……」

「悪霊が退散したのじゃ。おまえの体がそれを喜んでおる。法悦《ほうえつ》じゃ」

いいながら、法念は体を離し、お園の両膝を立てて股間をのぞき込んだ。

燭台のほのかな明かりを受けて、薄桃色の切れ込みがぬめぬめと光っている。

舐《な》めるような目でそれを見ながら、法念は手早く下帯を解《と》いた。

怒張《どちょう》した一物《いちもつ》がはじけるように飛び出した。尖端《せんたん》がひくひくと脈打っている。

「さ、これが最後の灌頂じゃ」

指で一物をしごきながら、法念がいった。

「わしの霊力をおまえの体に注ぎ込んでやる。脚を開きなさい」

いわれるまま、お園は立てた両膝を左右に大きく広げた。法念はその間に腰を割り込ませると、一物の尖端を壺口にあてがい、二度三度こすりつけて、ずぶりと突き刺した。

「あーっ」

悲鳴のような声を上げて、お園は弓のように上体をそり返らせた。

一物は根元まで埋没している。

お園の両脚を高々と抱え上げて、法念は激しく腰を律動させた。

「あ、ああ……、上人さま」

「何じゃ?」

「もう、だめ……、だめです。……気が遠くなります」

白目を剝いてお園が口走る。

「それでよい。法悦じゃ、法悦じゃ」

犬のように息を荒らげて、法念は腰を振りつづけた。

そのころ——。

すっかり宵闇《よいやみ》に包まれた参道を、二つの影が風のように走り抜けて行った。

黒の僧衣に黒の伊賀袴《いがばかま》、背中に笈《おい》を背負った二人の修行僧である。

半刻後、二人は日本橋堀留の路地を、猫のように忍びやかな足取りで歩いていた。

人家から洩れてくる明かりもなく、四辺は漆黒の闇に領されている。

（ここだ）

一人の僧が目顔《めがお》で相方に合図《あいず》を送った。そこは荒物屋『杵屋』の裏口だった。

二人は背中の笈を下ろして、中から護摩木の束を取り出すと、裏口の羽目板の前に積み上げ、その上に油紙を乗せて胴火《どうび》（懐炉《かいろ》のようなもの）の火を点《てん》じた。

めらめらと燃え上がった炎が羽目板に燃え移り、たちまち火柱が噴《ふ》き上がった。

それを見届けると、二人の僧は笈を担ぎ上げて、一目散に闇の奥へと走り去った。

ほどなくして、屋内から、

「か、火事だ！」

「裏口から火が出たぞ！」

「だ、誰か、火消しを呼んできておくれ！」

「駄目だ。もう手遅れだ！」

「に、逃げろ！」

悲鳴と怒号《どごう》がひびいたが、燃え広がった炎は凄まじい勢いで家屋を飲み込んでいった。

第五章　火伏《ひぶ》せの護符《ごふ》

1

日本橋堀留町の荒物屋『杵屋』の裏口付近から出た火は、一瞬にして『杵屋』の建物を飲み込み、隣接する四軒の商家を焼きつくしたあと、町火消したちの必死の消火活動によって、翌未明にようやく消し止められた。

堀留町からほど近い瀬戸物町に住んでいる小夜は、居間の濡れ縁《えん》に座ったまま一睡もせずに夜明けを待っていた。猛《たけ》り狂う炎が間近に迫っていたからである。

幸い昨夜は無風だったので延焼は免《まぬか》れたが、火が鎮まってからも、小夜の恐怖心は冷めやらなかった。東の空にはまだ薄《うっす》らと黒煙が立ち上っている。

一晩じゅう鳴りつづけていた半鐘《はんしょう》の音や人々の怒号怒声《どごうどせい》も、いまはぴたりとやんで、朝の静寂がただよっている。

(本当に消えたのかしら?)

不安に駆られて、小夜は家を飛び出した。

表に出たとたん、焦《こ》げ臭い匂いや魚を燻《いぶ》ったような異臭が鼻をついた。

瀬戸物町の路地から広い通りに出たところで、ふいに、

「おう」

と背後から声をかけられ、振り向くと、仙波直次郎が足早に近寄ってきた。

「──旦那《だんな》」

「おめえのところにも火が飛んできたんじゃねえかと思ってな。心配して様子を見にきたんだ」

「それはどうも」

小夜はぺこりと頭を下げた。

「ゆうべは風がなかったので、うちのほうまで火が廻《まわ》らなかったんですよ」

「そりゃ不幸中の幸いだ。火元はどこなんだい?」

「堀留町じゃないかしら」

一丁（約百九メートル）も歩かぬうちに、二人は火事の現場に出くわした。

家並みの一角が無残に焼け崩れ、瓦礫《がれき》の山と化していた。黒焦げになった木材や板切れから、まだぶすぶすと煙が立ち上っている。

町火消しの鳶《とび》の者や近隣の人々が、黙々と瓦礫の片付けをしていた。

直次郎は鳶の頭《かしら》らしき年配の男をつかまえて、

「焼けたのは何軒だい？」

と訊《き》いた。

「五軒です」

「死人は出なかったのか」

「火元の『杵屋』から六人出やした」

鳶の頭の話によると、主人夫婦と番頭、女中一人、丁稚《でっち》二人の六人が逃げ遅れて焼け死に、最初に火事を発見した手代だけがかろうじて生き残ったという。

「その手代ってのは？」

「あそこにおりやす」

鳶の頭が一方を指差した。焼け跡の前に三十年配の男が放心したように立っている。

直次郎と小夜は、その男に歩み寄った。

「おめえが『杵屋』の手代かい？」

男は我《われ》に返って振り向いたが、直次郎の装《な》りを見てすぐ八丁堀の同心と察し、

「はい。浩太郎《こうたろう》と申します」

緊張の面持ちで丁重に応《こた》えた。

「最初に火を見つけたのは、おめえだそうだな」

「はい。小用を足そうと廊下に出たところ、もう奥の部屋は火の海でございました」

「火元は台所か」

「いいえ」

浩太郎と名乗った手代はかぶりを振った。

「床《とこ》につく前に手前が見廻ったときには、竈《かまど》の火は消えておりました」

「ほかに火の気はなかったのか」

「風呂釜《がま》の火も六ツ（午後六時）ごろには落としましたし、行燈《あんどん》や掛け燭《じょく》の明かりも、寝る前にはかならず消しておりましたので、ほかに火が出るような場所は
――」

「思い当たらねえか」

「こんなことを申しますと、お笑いになられるかもしれませんが」

口ごもりながら、浩太郎はこういった。

「罰《ばち》が当たったのかもしれません」

「罰が？」

「昨日の昼八ツごろ、白雲堂と名乗る易者《えきしゃ》が火伏《ひぶ》せの護符を売りにきたそうですが、番頭さんは旦那さまの留守を口実にそれを丁重に断ったそうでございます」

そのときに護符を買っていれば、昨夜の火事は起こらなかったのではないかと、浩太郎は大真面目《おおまじめ》な顔でいった。

「そりゃ、ちょっと考え過ぎじゃねえのか」

直次郎は苦笑した。

「災難なんてのは、あとで理屈をくっつけりゃ、どうにでも解釈できるからな」

「ですが――」

といいさすのへ、

「運が悪かっただけの話よ。ま、おめえも大変だろうが、めげずに頑張るこったな」

ポンと浩太郎の肩を叩くと、直次郎は小夜をうながしてその場を去った。

「ねえ、旦那」

来た道をもどりながら、小夜がふと思い出したように、

「何日か前に、あたしも同じような話を聞きましたよ。お得意さんから」

「同じような話？」

「火伏せの護符を売りにきた易者を体《てい》よく追い払ったら、その二日後に火が出たんですって」

「ほう」

直次郎の目がきらりと光った。

「幸い塀の一部を焼いただけで、大事には至らなかったそうですけど、お内儀《かみ》さんがつくづくいってたわ。神仏に逆らうとろくな目にあわないって」

「そのお得意さんてのは、どこの店だい？」

「京橋常盤《ときわ》町の『加納《かのう》屋』って硯《すずり》問屋」

「小夜」

直次郎が足を止めた。

「ひょっとしたら、その易者ってのは『杵屋』に護符を売りにきた易者と同じ男

かもしれねえぜ」

「白雲堂っていってましたよね」

「ああ」

「もう一度『加納屋』さんのお内儀さんからくわしい話を聞いてきますよ」

「夕方、どっかで落ち合おうぜ」

「半次郎さんの小屋はどう？」

「うむ。六ツ（午後六時）に集合だ」

「わかった。じゃあね」

と手を振って、小夜は小走りに立ち去った。

その日の夕刻。

仙波直次郎は七ツ（午後四時）ちょうどに南町奉行所を出て日本橋に向かった。

約束の六ツまでにはまだ一刻ほどあったが、奉行所にいても気が詰まるので、早々に退勤したのである。

外濠沿いの道を一石《いっこく》橋のほうに向かってぶらぶら歩いていると、前方から足早にやってくる武士の姿が目に留《と》まった。

「やあ、杉江さん」

北町奉行所の定町廻《じょうまちまわ》り同心・杉江兵庫だった。

「仙波さん、お帰りですか」

「ええ、杉江さんは？」

「わたしはまだ仕事がありますので、早めの夕食をとろうと思いましてね」

「じゃ、わたしも付き合いましょうか」

「仙波さんも？」

「そのへんで一杯やっていこうかと思っていたところなんです。この近くにうまい魚を食わせる店がありますから、ご案内しましょう」

そういって、直次郎は檜物《ひもの》町の路地に足を踏み入れた。

路地の中ほどに『磯源《いそげん》』の提灯を下げた小さな煮売屋があった。

直次郎が廻り方をつとめていたころ、よく通った店である。

顔なじみの亭主が直次郎の顔を見て、愛想よく迎えてくれた。

酒を呑むにはまだ早い時刻である。店内に客の姿は一人もなかった。奥の席に腰を下ろすと、直次郎は冷《ひ》や酒と鯖《さば》の味噌《みそ》煮を、杉江は鯵《あじ》の塩焼きと飯、味噌汁を注文した。

「ところで、杉江さん」

冷や酒を手酌でやりながら、直次郎が、

「例の事件、その後どうなりました?」

「え?」と杉江が顔を上げた。

「お恵という娘が殺された一件です」

「ああ、あれですか」

杉江は箸《はし》を持つ手を止めて、顔を曇らせた。

「いいわけがましいようですが、ほかにも事件を抱えておりましてね。なかなか手が廻らないというのが正直なところでして」

「ほかの事件?　と申しますと?」

「娘の死体が見つかった翌日、和泉橋の近くで本湊町の町年寄が殺されたんです。ご存じなかったですか?」

「あ、いえ、その事件なら――」

知っているどころか、直次郎自身が事件の目撃者なのである。殺された男が本湊町の廻船問屋『高田屋』の主人・清右衛門であることも、米山兵右衛から聞いて知っていた。

「例繰方から聞きましたよ。辻斬りの仕業《しわざ》だそうですね」

「うちの検死与力はそう判断したようですが、わたしは疑念を持っております」

杉江はきっぱりいい切った。

「何か不審な点でも？」

「あの晩は小雨が降ってましてね。殺しの現場に複数の足跡が残っていたんですよ」

「ほう、足跡が――」

「少なくとも、下手人《げしゆにん》は三人いたようです」

その読みは的中していた。直次郎が目撃したのも三人の修験者《しゆげんじや》である。

「辻斬りといえば、武士の腕試しか、刀の試し斬りと相場が決まってますからね。下手人が複数というのは、どう考えても腑に落ちません」

「なるほど」

感服するように、直次郎はうなずいた。杉江兵庫は直次郎より三歳年下である。定町廻りに昇格して、まだ四年しかたっていないと聞いていたが、それにしてはなかなか鋭い洞察力だと、直次郎は内心舌を巻いていた。

「下手人は明らかに高田屋清右衛門の命をねらったのです」

「というと、怨《うら》みですか？」

「探索中の事件ですので、くわしいことは申し上げられませんが」

杉江は言葉を濁した。

「あ、いや、これは失礼」

と頭に手をやって、直次郎は照れるように笑い、

「つい昔の癖が出てしまって、詮索《せんさく》がましいことを」

「仙波さんに隠し立てするつもりは毛頭《もうとう》ないのですが、わたしにも、その、立場というものがありまして」

「わかります。わかります」

「とにかく、その件でこれからある男に会いに行かなければなりません。折角《せっかく》、おさそいいただいたのに、ゆっくりお話しすることもできなくて」

そういうと、杉江はどんぶり飯を一気にかき込んで、

「申しわけありませんが、お先に失礼させていただきます」

卓の上に飯代を置いて、腰を上げた。

「仕事が一段落したら、あらためて一献《いっこん》酌《く》み交《か》わしましょう」

「ありがとうございます。では」

一礼して、杉江はあわただしく出て行った。

(そうか、杉江はあの事件を追っていたのか)

あらためて思い返すと、あの事件も謎の多い奇怪な事件である。三人の修験者が金剛杖《こんごうづえ》の仕込み刀を持っていたことも不可解だった。

(あれはただの修験者じゃねえな)

何者かが修験者を装っていたということも考えられる。

それにしても、高田屋清右衛門はなぜあの三人に命をねらわれなければならなかったのか。両者の間に一体どんな関わりがあったというのか。

考えれば考えるほど謎は深まるばかりである。

(おれがあれこれ考えたところで、どうにかなるような話じゃねえ。いずれ杉江がその謎を解いてくれるだろう)

そう思いながら、直次郎は猪口《ちょこ》の酒をぐびりとあおった。

2

冷や酒をもう一本注文して、四半刻（約三十分）ほど時間をつぶしたあと、直次郎は『磯源』を出て日本橋小網町に向かった。

暮れなずむ空を、ねぐらに帰る鴉《からす》が数羽、不気味な鳴き声を上げて飛んでゆく。

伊勢《いせ》堀に架かる荒布《あらめ》橋を渡ったところで、直次郎は足を止めてさり気なくあたりに目をやり、人気《ひとけ》がないのを見定めると、日本橋川の土手の石段を足早に下りて、岸辺にへばりつくように建っている半次郎の舟小屋に向かった。

「おれだ」

戸口で低く声をかけると、板戸がわずかに開いて半次郎が顔をのぞかせた。

「小夜は来てるか？」

「へえ。どうぞ」

うながされて、直次郎は素早《すばや》く中に体を滑り込ませた。

小屋の奥の暗がりに小夜が座っている。

「どうだった？」

空き樽《だる》に腰を下ろすなり、直次郎は急き込《こ》むように訊いた。

「案の定よ。『加納屋』さんに火伏《ひぶ》せの護符を売りにきた易者も白雲堂だったって」

「応対に出たのは内儀《ないぎ》か？」

「ううん、ご主人」

「どんな男だといっていた？」

「編笠《あみがさ》をかぶっていたので顔は見えなかったけど、体の大きな浪人だったそうですよ」

「浪人か――」

直次郎は腕組みをして考え込んだ。

「うちには秋葉さまの護符があるから結構ですと、ご主人が丁重に断ったら不機嫌そうに出て行ったそうですよ」

「その護符ってのは、どこの神さまなんだ？」

「それはご主人も聞いてなかったみたい。とにかく、物言いも高飛車《たかびしゃ》だったし、護符の値段も法外だったので、とても買う気にはならなかったって」

「法外ってえと？」

「十両」

「ええっ」

直次郎は思わず瞠目《どうもく》し、あきれるように笑った。

「いくら何でも、十両はぼり過ぎだぜ」

「ずいぶんと強欲な神さまもいたもんですね」

「まったくだ」

二人の話に黙って耳を傾けていた半次郎が、横合いからぼそりといった。

「ただの偶然じゃありやせんね」

ん？　とけげんそうに、直次郎が見返った。

「ゆうべの『杵屋』の火事と『加納屋』のボヤ騒ぎです」

「それじゃ、あれはやはり――」

小夜が目を丸くした。

「付け火に違いありやせん」

直次郎はうなずいた。

「そう見るのが順当だろうな」

「護符を買わなかった店への面当《つらあ》てってわけ？」

「というより、世間に対する一種の脅《おど》しだ」

「脅し？」

「白雲堂の護符を買わなかった店は、かならず火難に見舞われる。そんな噂が世間に広まれば、護符を断る者もいなくなる。白雲堂のねらいはそれだ」

「ひどい話」

　小夜が吐き捨てるようにいった。声に怒りがこもっている。

「そんなことで火をつけられたんじゃ堪《たま》ったもんじゃないわ。『杵屋』の火事では六人も死人が出たのよ。ねえ、半さん」

　と突き刺すような目で半次郎を見た。

「このままほっといたら、また死人が出るわ」

　半次郎は黙っている。まったくの無表情である。小夜が畳《たた》み込むようにいった。

「これを裏仕事に廻してよ。あたしが請《う》け負《う》うからさ。仕事料は二両でも、一両でも、いえ、ただでもいいわ」

「ちょっと待て」

　直次郎があわてて口をはさんだ。

「ただはねえだろう、ただは――」

「やるのはあたしなんだから、旦那がとやかくいう筋合いはないでしょ」

「そりゃまあ、そうだが」

　直次郎は苦笑した。

「ずいぶんと今回は入れ込んでるじゃねえか」

「他人事《ひとごと》とは思えないんですよ、ゆうべの火事は」

　小夜は急に声を沈ませた。

「風向き次第では、あたしだってどうなっていたか。いえ、あたしだけじゃないわ。ほかにももっと沢山の死人が出ていたはずよ」

　小夜の真剣な面持《おもも》ちを見て、直次郎も真顔になった。

「確かにな。付け火は盗っ人や追剝《おいはぎ》よりたちが悪《わり》い。このままほっとくわけにはいかねえだろう。半の字」

「へい」

「元締めにそういって、小夜に一働きさせたらどうなんだ？」

「その前に白雲堂の正体と居所を突き止めなければ――」

「じゃ、その仕事はおめえにまかせよう」

直次郎は腰を上げて戸口に向かったが、思い出したように振り向くと、

「小夜、今後のこともあるからな、ただはいけねえぜ、ただは」

といいおいて、小屋を出て行った。


俗に鉄砲洲河岸と呼ばれる海辺に、ぽつんと一軒だけ建っている船宿があった。

海釣りの客がよく利用する船宿で、軒行燈に『浮舟《うきふね》』の屋号が見える。

その二階座敷で、北町同心の杉江兵庫と四十がらみの、地味な身なりの男が対座して酒を酌み交わしていた。男は廻船問屋『高田屋』の番頭・与兵衛《よへえ》である。

「まず、これをごらんくださいまし」

と与兵衛がふところから取り出したのは、本湊町の切絵図(地図)だった。

本湊町は鉄砲洲河岸の南北に広がる町屋で、南は鉄砲洲川をへだてて船松町と接している。その川の北岸の一部が朱筆で塗りつぶされていた。

「天応院が寺領地に召し上げようとしているのは、この一角か」

畳の上に広げられた切絵図を見ながら、杉江がいった。

「はい。およそ千坪ございます」

「その土地を加えると、天応院の寺領地は二千坪になるな」

「上げ地した町家をつぶして門前町を作ろうというのが、天応院のねらいだそうでございます」

「なるほど。で、本湊町の町役人たちはその話に同意しているのか？」

「門前町ができれば町も賑わいますし、自分たちもその恩恵に浴《よく》することができると、名主や地主・家主のほとんどが手放しで賛同しております」

「なぜ清右衛門だけが反対したのだ？」

「実は、この話には裏がございましてね」

「裏？」

与兵衛の話によると、門前町に建設が予定されている旅籠《はたご》や料亭、水茶屋《みずぢゃや》、待合《まちあい》などの営業権は、他所者《よそもの》に譲渡されるというのである。

「その他所者とは、何者なのだ？」

「深川蛤町の妓楼《ぎろう》『三浦屋』のあるじだそうです」

「ほう、深川の妓楼のあるじがな」

杉江は意外そうな顔でつぶやいた。

「もしそれが事実だとすれば、土地の者には何の利益もございませんし、召し上げ地に住んでいる店借《たな》りの者たちは住まいを失うことになります。それで旦那さまは断固としてこの話に反対なさったのです」

「町奉行所に上訴するつもりはなかったのか」

「そのつもりだったようでございます。旦那さまの手文庫の中からこのような書状が見つかりました」

与兵衛はふところから二つ折りにした書状を取り出して、杉江の前に差し出した。

その書状には達筆な文字でこう記されていた。

『謹《つつし》みて啓上つかまつり候《そうろう》

鉄砲洲本湊町住人の儀は、その場所場所に年久しく住み着き候により、自然商売向きも出来上がり候儀にて、にわかに他所へ引き移し候にては、その場所の模様により候とは申しながら、これまで通りの商売向き相成りがたき候もこれ有るべし。

当節何程《とうせつどれほど》の引き料・手当てなどを差し遣《つか》わし候とも、めいめい難儀つかまつるは必然の儀にて、たとえ一宇《いちう》の寺院の興隆《こうりゅう》のために、多人数の者どもの暮らし向きにも拘《かかわ》り候にてはその実は仏家《ぶつけ》の戒業《かいぎょう》にも悖《もと》り候儀につき、天応院において強《し》いて寺領地拡張を進むるは、これ有るまじき儀に御座候。

この段、是非にもお聞き届け頂き度《た》く、伏して御願い奉《たてまつ》り候。

恐惶謹言《きょうこうきんげん》
本湊町町年寄　高田屋清右衛門』

つまり、天応院の門前町が完成すれば、地元の住民の生活が破壊されるので、天応院の寺領地拡張は認めないでほしい、という趣旨の嘆願《たんがん》書なのである。

杉江は険《けわ》しい表情で書状から目を離した。

「これを届けようとした矢先に、清右衛門は殺されたというわけか」

「はい。旦那さまもさぞご無念だったと思います」

声を詰まらせて、与兵衛はうつむいた。

「下手人は天応院の手の者と見て間違いなさそうだな」

「旦那さまは他人に怨まれるような人ではございませんので、それ以外には考えられません」

「よし、わかった。この嘆願書はわたしが預かっておこう」

「よろしくお願い申し上げます」

杉江は嘆願書をふところにしまって腰を上げた。

「人目につかぬうちに退散するか」

「はい」

二人は階下に下りて、船宿の亭主に酒代と席料を払い、外に出た。

表には夜のとばりが下りていた。潮騒《しおさい》が間近に聞こえてくる。

道の左手には暗黒の海が広がっている。

その闇の奥に、きらきらと輝いて見えるのは佃島の明かりである。

鉄砲洲稲荷《いなり》の裏道に出たところで、杉江は足を止め、

「では、ここで別れよう。身辺にはくれぐれも用心しろよ」

「ありがとうございます。では、ごめんくださいまし」

と踵《きびす》を返そうとしたときである。

忽然《こつぜん》として、前方の闇の中に三つの黒影が浮かび立った。

杉江は刀の柄に手をかけて、鋭く闇を透かし見た。

小走りにやってきた三つの影が、行く手をふさぐように二人の前に立ちはだかった。

三人の装《な》りを見て、杉江の顔が驚愕《きようがく》にゆがんだ。

いずれも薄鼠《うすねず》色の麻の鈴懸《すずかけ》に結袈裟《ゆいげさ》、頭には黒の頭巾《ときん》、足には白の脚絆《きやはん》をつけ、八《や》つ目《め》の草鞋《ぞうり》ばき、手には金剛杖を持っている。

清右衛門を闇討ちにした、あの三人の修験者だった。

「──そうか」

油断なく身構えながら、杉江がうめくようにいった。

「貴様ら、天応院の廻し者だな」

応えはなかった。三人の修験者は無言のまま二人を取り囲み、金剛杖の仕込み刀を抜き放った。杉江も抜刀し、与兵衛を庇《かば》うように前に出た。

三人の修験者が仕込み刀を八双《はっそう》に構え、じりじりと包囲の輪をちぢめてくる。

杉江は正眼《せいがん》に刀をつけて、相手の出方を待っている。

息づまるような対峙《たいじ》が数瞬つづいたあと、

（はあ！）

と無声の気合を発して、三人の修験者が同時に地を蹴った。

杉江の刀が一閃《いっせん》した。

鏘然《そうぜん》と鋼《はがね》の音がどよめき、闇に赤い火花が散った。

かろうじて一人の斬撃はかわしたものの、反動で体勢を大きく崩した杉江には、二の太刀、三の太刀をかわす余裕はなかった。

「うっ」

と低くうめいて、杉江はよろめいた。左脇腹が切り裂かれていた。

すかさず一人が逆袈裟に薙《な》ぎ上げる。

首筋から血を噴き出して、杉江はのけぞった。

「杉江さま！」

駆け寄ろうとした与兵衛の背中に、仕込み刀が叩《たた》きつけられた。

「わっ」

悲鳴を上げて、与兵衛は地面に転がった。

三人の修験者は仕込み刀を金剛杖に納めながら、折り重なるように倒れている
二人に冷ややかな一瞥《いちべつ》をくれた。二人ともほぼ即死だった。

「死骸を運べ」

一人が低く下知《げじ》した。笹木弥九郎が「伊亮」と呼んでいた僧である。

二人の修験者は、杉江と与兵衛の死体を軽々とかつぎ上げると、伊亮のあとについて足早にその場を去って行った。

3

この数日、万蔵は仕事の合間を見ては、深川通いをつづけていた。

『三浦屋』吾兵衛の動向を探るためである。

その間、万蔵が吾兵衛の姿を見かけたのは、二度ばかりだった。どうやら吾兵衛は鮨《すし》が好きなようで、二度とも昼を少し過ぎたころに、番頭の吉之助を連れて門前仲町の一《いち》ノ鳥居《とりい》近くの鮨屋『辰巳《たつみ》鮨』に行っただけだった。

それ以外に特に不審な様子は見受けられなかったし、『三浦屋』に怪しげな人物が出入りしている様子もなかった。

もっとも、朝から晩まで四六時中見張っているわけではないので、吾兵衛の動きを完全に把握することはできなかった。それでも万蔵は、

（こうなりゃ根比べだ。そのうち尻尾《しっぽ》を出すだろう）

と執念深く深川通いをつづけていたのである。

妓楼『三浦屋』のすぐ前を流れる大島川には、ときおり鯔《ぼら》の群れが遡上《そじょう》してくるので、夕方近くになると釣り人の姿がちらほらと目につくようになる。

そんな光景を万蔵は岸辺の草むらに腰を下ろして、ぼんやり眺めていた。いや、眺めるふりをしながら、菅笠《すげがさ》の下の目は鋭く『三浦屋』に注がれていた。

四半刻（約三十分）ほどたったとき、『三浦屋』の玄関に動きがあった。

あるじの吾兵衛が番頭の吉之助を従えて出てきたのである。

万蔵はゆっくり腰を上げると、何食わぬ顔で二人のあとを跟《つ》けはじめた。

吾兵衛と吉之助は、河岸通りの人混みを縫って、次の路地を右に曲がった。

その路地を抜けると、門前仲町の馬場通りに出る。

二人が向かったのは、一ノ鳥居の東にある『辰巳鮨』だった。それを見て万蔵は、笠の下でチッと小さく舌打ちを鳴らした。

（また『辰巳鮨』かよ）

万蔵は落胆の面持ちで踵をめぐらした。

これ以上張り込みをつづけても無駄だと思い、切り揚げることにしたのである。

実はこのとき、『辰巳鮨』の二階座敷で二人の武士が吾兵衛を待ち受けていたのだが、さすがに万蔵もそこまでは読みきれなかった。

これまでの二度の例が万蔵の判断を狂わせたのである。

吾兵衛を待っていたのは、笹木弥九郎と四十七、八と見える恰幅《かっぷく》のよい武士――寺社奉行配下の吟味物調役《ぎんみものしらべやく》・安藤主膳《あんどうしゅぜん》だった。

ちなみに……。

寺社奉行の配下には、手留役《てどめ》、寺社役、取次、大検使《だいけんし》、小検使《しょうけんし》、同心などが配されているが、これらの役人は奉行の家臣から登用されたので、主人が任を解かれたときには一緒に辞めなければならなかった。そのために新任の寺社奉行とその家臣たちは、職務に慣れるまでに膨大な時間を要したのである。

そこで幕府は天明《てんめい》八年（一七八八）に評定所《ひょうじょうしょ》から留役《とめやく》という幕府直属の士を寺社奉行所に配属し、新任の奉行の補佐をさせて職務が円滑《えんかつ》に進むよう対策を講じた。

それが吟味物調役という役職である。

「これは、これは安藤さま、遠路《えんろ》お運びいただきまして恐縮にございます」

吾兵衛と吉之助は畳に両手をついて平伏した。

「三浦屋」

「はっ」

吾兵衛が顔を上げると、笹木が得意気な面持ちで、

「安藤さまが朗報を持ってまいったぞ」

「朗報、と申しますと？」

「天応院の寺領地拡張の儀、お奉行が領諾《りょうだく》なされたのだ」

安藤主膳がせかせかと扇子を使いながらいった。頬《ほお》やあごの下にたっぷりと肉がつき、見るからに暑苦しそうな顔をした男である。

「さようでございますか」

「近々幕議にかけると申されておった。南町奉行の鳥居甲斐守さまからも内諾《ないだく》を得ているそうなので、ほぼ決まったと見てよかろう」

「ありがたきお言葉、痛み入ります」

吾兵衛は、また両手をついて深々と低頭した。

「これも偏《ひとえ》に安藤さまのご尽力のおかげでございます。手前からもあらためて御礼申し上げます」

といって、笹木は安藤の酒杯に酒を注いだ。

その酒には手もつけず、安藤は黙々と鮨をつまんでいる。

「このあとには、船遊びの支度もととのっておりますので、どうぞ、ごゆるりとおくつろぎくださいまし」

吾兵衛が揉《も》み手しながらいった。

南本所番場町の路地を曲がったところで、万蔵はふいに足を止めた。

店の前に所在なげに女がたたずんでいる。

けげんそうに歩み寄ると、女が気配に気づいて振り返った。

お園の母親・おひろだった。

「やあ、おひろさんか」

「先日はあのような高価な物をいただきまして、ありがとうございました」

おひろは丁重に頭を下げて礼をいった。

島田に結った艶やかな黒髪から甘い髪油の香りがほのかに匂い立つ。

「高麗人参《こうらいにんじん》の効き目はどうですかい？」

と万蔵が訊いた。

「おかげさまで、体のだるさも取れて、以前より元気になったような気がいたします」

「そうかい。そりゃよかった」

確かに顔色もよくなっていた。透けるように白い頰に血の気がさし、ほんのりと桜色に染まっている。そんなおひろの顔を見て、万蔵はわけもなく胸の高鳴りを覚えた。

「ところで、あっしに何か？」

「折入って、ご相談したいことが――」

おひろはためらうように小さな声でいった。

「こんなところで立ち話も何だから、中に入っておくんなさい」

腰高障子《こしだかしょうじ》を引き開けて、おひろを中にうながすと、万蔵は台所から井戸水で冷やした麦湯《むぎゆ》を持ってきて、上がり框《がまち》に座っているおひろの前に置いた。

「で、相談ってのは？」

「御籠《おこもり》に行くといって出かけたまま、お園がまだもどってこないのです」

「確か、五日ほどだといっておりやしたね。寺籠もりは」

「ええ」

その五日はとうに過ぎていた。

「連絡もねえんですかい？」

「まったく、ございません」

おひろは弱々しくかぶりを振った。

「そいつは妙だな」

思案げに万蔵は鼻の頭を指でかいた。

「こちらから連絡を取ろうにも、どこのお寺かわかりませんので。……何とか探し出す手だてはないものかと、失礼を承知でご相談に上がりました」

「お園さんのつとめ先は、寺籠もりに行ったことを知ってるのかい？」

「ええ、一応事情を話して、お休みをいただいたと申しておりました」

「何といいやしたかね？　その店ってのは」

「尾上町の『みさと』という料理屋です」

「ひょっとしたら、店の者が寺の名を聞いているかもしれねえ。念のために、あっしが確かめてきやしょう」

「本来はわたしがうかがわなければいけないのですが」

「いや、あんたは無理をしねえほうがいい。そのうちひょっこりもどってくるかもしれねえし、家で待ってたほうがいいですぜ」

「ありがとうございます。縁もゆかりもない万蔵さんに、こんな厚かましいお願いをして本当に申しわけございませんが、一つよろしくお力添えのほどを」

おひろはすがるような面持ちで何度も頭を下げ、

「では、ごめんくださいまし」

と店を出て行った。

万蔵は麦湯の茶碗を片づけると、店の戸締まりをして家を出た。

向かったのは東両国の尾上町である。

陽《ひ》はやや西に傾いていたが、家並みの間から斜めに射し込んでくる陽差しは、あいかわらず強かった。

ゆらゆらと立ち昇る陽炎《かげろう》の中に、気だるげな人影が絶え間なく行き交っている。

件《くだん》の料理屋『みさと』はすぐ見つかった。

暖簾《のれん》はまだ出ていなかったが、店の中には人の気配があった。

「ごめんよ」

開け放たれた格子戸の前に立って声をかけると、店の掃除をしていたらしい中年の女が前掛けで手を拭き拭き、いぶかしげな面持ちで出てきた。

「あっしはお園の母親の知り合いで、万蔵って者だがな」

「何か？」

「おまえさん、お園が寺籠もりに行ったってことは、知ってるかい？」

「ええ、お園ちゃんから聞きましたよ。五日ほど休みをもらいたいって」

「ところが、その五日がたっても、もどってこねえんだよ」

「あたしたちも心配していたんですけどねえ」

女は困惑したように首を振り、まったく心当たりがないといった。

「寺の名は聞いてねえかい？」

「いいえ、くわしいことは何もいいませんでしたから。とにかく、お園ちゃんが急に寺籠もりをするなんていい出したので、あたしたちもびっくりしてたんですよ」

「そりゃそうだろうな」

あらためて考えてみると、十六歳の娘が寺籠もりをしようと思い立つこと自体が、いかにも突飛《とっぴ》で不自然だし、そんな知識がお園にあったとも思えない。

「ひょっとしたら、誰かに入れ知恵《ぢえ》されたんじゃねえのかい？」

「さあ」

と女は小首をかしげたが、ふと思い出したように、

「そういえば、寺籠もりに行くという前の晩に、若いお客さんがお園ちゃんを名指しで呼びつけて、お酌をさせていましたが――」

けど」

「賄《まかな》いの娘《こ》をわざわざお酒の席に呼ぶなんて、おかしいなとは思っていたんです
「若い客が？」

「その客ってのはどんな男だった？」

「二十四、五の、きりっとしたいい男でしたよ。確か、佐吉さんとか」

「佐吉！」

万蔵の声が上ずった。驚愕で顔が引きつっている。

「話のはずみで、お園ちゃんがチラッとその人の名前を洩《も》らしたんです。でも、
それ以上のことは何も――」

「…………」

万蔵は凍りついたように絶句している。捜しあぐねていた佐吉の名が思わぬと
ころから飛び出したのである。内心おだやかではなかった。

不吉な予感に駆られながら、万蔵は女に礼をいって店を飛び出した。

（ただごとじゃねえな、こりゃ）

竪川沿いの道を歩きながら、万蔵は肚《はら》の中で苦々しくつぶやいた。

佐吉が寺籠もりを口実にお園をさそい出したことは、もはや疑うまでもなかっ

た。

　そのあとお園の身に何が起きたのか、万蔵には知るすべもなかったが、ただ一つだけ確かなことは、病身の母親を長屋に残したまま、お園がみずから身を隠すはずはないということである。いずれにせよ、

「お園の行方を知ってるのは佐吉だ。かならず野郎を捜し出して吐かせてやる」

　万蔵は決然とつぶやいた。汗にまみれたその顔が、竪川の川面に反射《はね》た陽の光を受けてぎらぎらと光っている。

4

「仙波さん、食事に行きませんか」

　日本橋石町の時の鐘が正午を告げ終わると同時に、隣室の米山兵右衛が顔をのぞかせ、直次郎を昼食にさそった。

「まいりましょうか」

　待ってましたとばかり、直次郎は文机《ふづくえ》の上の書類を手早く片づけて、用部屋を出た。

二人が足を向けたのは、南町奉行所からほど近い、元数寄屋町の路地の奥まったところにある小さな一膳めし屋だった。

六十近い寡婦《かふ》が一人で切り盛りしているその店は、客のほとんどが近所に住む常連ばかりで、奉行所の役人がくることはめったになかった。

昼どきで店は混んでいたが、直次郎と兵右衛が入っていくと、うまい具合に二人連れの客が食事を終えて席を立ったので、二人はそこに腰を下ろして定食を注文した。

「ここだけの話ですがね」

運ばれてきた定食に箸をつけながら、兵右衛が小声でいった。

「北町の杉江さんが行方《ゆくえ》知れずになってるそうですよ」

「杉江さんが！」

飲みかけの味噌汁を危うく噴き出しそうになった。

「まだ公表はされていないんですがね。三日前の夜から組屋敷にも帰っていないし、奉行所にも出仕していないそうです」

三日前の夜といえば、檜物町の煮売屋『磯源』で杉江兵庫と食事を共にした夜である。

そのとき杉江は、高田屋清右衛門殺しの一件を追っているといっていた。それを兵右衛に打ち明けると、

「ほう」

と兵右衛は意外そうに目をしばたたかせながら、

「あれは辻斬りではなかったのですか」

「杉江さんは別の見方をしていたようです」

「別の？」

「探索中の事件なので、くわしいことは話せないといってましたが、あの口ぶりから察すると、どうやら杉江さんは何かをつかんでいたようです。わたしと別れたあと、その件である人物と会うといっておりました」

「ひょっとすると——」

いいさして、兵右衛はあわてて首を振った。

「いや、憶測《おくそく》で物をいうのはやめておきましょう」

兵右衛が何をいおうとしたのか、直次郎にはわかっていた。同じことを考えていたからである。二人の会話はそこでぷつりと途切れ、何となく重苦しい沈黙が流れた。

昼食を食べ終えて一膳めし屋を出ると、直次郎は、

「ちょっと所用があるので」

といって兵右衛と別れ、北町奉行所のある呉服《ごふく》橋に向かった。

北町奉行所は江戸の初期には、道三堀《どうさんぼり》に面した銭瓶《ぜにかめ》橋の北詰に置かれていたが、幾《いく》たびかの変遷《へんせん》をへて、文化《ぶんか》三年（一八〇六）に呉服橋内へ移転し、明治維新まで存続した。現在の丸《まる》の内《うち》一丁目のあたりである。

直次郎が訪ねたのは、呉服橋の東詰にある自身番屋だった。

杉江兵庫が抱えている岡っ引の辰三は、いつもその番屋に詰めている。

「よう」

と声をかけて、直次郎は番屋に足を踏み入れた。

番太郎の姿はなく、土間の奥の畳敷きで、辰三が一人ぼんやり茶をすすっていた。

「あ、仙波さま」

「ちょいと邪魔するぜ」

直次郎はあたりの気配をうかがいながら、辰三のかたわらに腰を下ろして、

「つい今し方小耳にはさんだんだが、三日ばかり前から、杉江さんの行方がわか

らねえそうだな」

と小声で話しかけた。辰三は「へえ」とうなずいただけである。深いしわを刻んだその顔には、困惑の表情がありありと読み取れた。

「実をいうとな、三日前の晩、いや、晩というより夕方だったが、おれは杉江さんとめしを食ったんだ」

「そうですかい」

辰三は意外そうな顔をした。

「そのあと誰かに会うといっていたが、その相手に思い当たるふしはねえかい？」

「いえ、あっしは何も聞いておりやせん」

「杉江さんが清右衛門殺しを追っていたのは、知ってるだろう」

「へえ。ひょっとしたら、これは大きな事件《やま》になるかもしれねえと、そういっておりやした」

「大きな事件か」

「あっしが旦那から聞いたのは、それだけで」

「奉行所も知らねえのか」

「たぶん、知らねえと思いやす。ただ……」

ふと何かに気づいたように、辰三は目を細め、

「杉江の旦那は几帳面《きちようめん》なお人でしたからね。もしかすると、お組屋敷に留書《とめがき》のようなものがあるかもしれやせん」

「そうか。留書か――」

留書とは、事件の聞き込みに歩いた場所や、聞き込んだ相手、その内容などを書き留めた探索メモのようなもので、直次郎も廻り方をつとめていたころには、かならず書き記していた。

「何でしたら、お組屋敷にご一緒しやしょうか」

「そうだな。よし」

と腰を上げて、直次郎は辰三をうながした。

杉江兵庫の組屋敷は、八丁堀の地蔵《じぞう》橋の近くにあった。

直次郎の組屋敷とはものの半丁と離れていないので、路上で杉江の妻女・お世《せ》津《つ》と顔を合わせることもしばしばあった。

木戸門をくぐって玄関の前に立ち、「奥方さま」と辰三が中に声をかけると、奥からお世津が出てきた。歳のころは二十七、八。小柄で物静かな感じの女であ

る。

「辰三親分……、あら、仙波さまもご一緒ですか」

「話は辰三から聞きました。ご心配ですな」

「お心づかい、ありがとう存じます」

丁重に礼をいうお世津に、直次郎は来意を告げて、

「もしよろしかったら、杉江さんの書斎を拝見させていただきたいのですが」

「むさ苦しいところですが、どうぞ、お上がりくださいませ」

お世津はこころよく二人を奥の書斎に通した。

四畳半のその部屋には、壁の一面が書棚になっており、窓ぎわには文机が置かれてあった。いかにも几帳面な杉江らしく、部屋の中は整然と片付けられている。

「ただいま、お茶をお持ちいたします」

台所のほうへ去りかけるお世津に、

「いえ、すぐ失礼いたしますので、お構いなく」

と断って、直次郎は書棚の前に立った。

分厚い綴《つづ》りや折り畳んだ書類などがぎっしり詰まっている。

「仙波さま」

辰三が部屋の隅に無造作に置いてあった綴りを目ざとく見つけて持ってきた。

大福帳のように細長い綴りである。表紙の題箋《だいせん》には『探索留書』とあった。

直次郎は受け取って手早く頁《ページ》を繰って見た。

そこには過去に発生した事件とその日付、時刻、それにまつわる人物の名などが、細かい字でびっしり書き込まれていた。直次郎の目が最後の頁に止まった。

高田屋清右衛門、殺害の件。

鉄砲洲天応院、寺領地拡張を策す。

清右衛門、是《これ》に異を唱える。

高田屋番頭・与兵衛より密訴《みっそ》有り。

密会を約す。

と箇条書きされている。末尾の「密会を約す」の下には、三日前の日付と時刻が朱筆で付記されていた。

(天応院か――)

直次郎の目に険しい光がよぎった。

「何か見つかりやしたか?」

横合いから、辰三がのぞき込むようにして訊いたが、それには応えず、直次郎は綴りを閉じて元の場所にもどし、辰三をうながして書斎を出た。

杉江の組屋敷を辞去した直次郎は、辰三を本湊町の廻船問屋『高田屋』に聞き込みにやらせていったん南町奉行所にもどり、退勤時刻を待ってふたたび呉服橋の自身番屋に足を向けた。六ツ（午後六時）にそこで辰三と待ち合わせていたのである。

直次郎が番屋に着いたのは六ツ少し前だったが、辰三はすでにもどってきていて、奥の畳敷きで茶をすすっていた。

「あ、仙波さま、お待ちしておりやした」

「どうだった？」

「それが妙なことに――」

辰三は眉間《みけん》にしわをよせていった。

「番頭の与兵衛も三日前から行方知れずになってるそうで」

「そうか」

まるでそれを予想していたかのように、直次郎は恬淡《てんたん》とうなずいた。

あの晩、杉江兵庫と与兵衛が一緒にいたことは、留書に記されていた「密会を約す」の一行からも明らかだった。その直後に杉江の身に何かが起きたとすれば、一緒にいた与兵衛も無事でいるはずはない、と直次郎は読んでいたのである。

「留書にあった〝天応院の寺領地拡張〟ってのは、どういうことなんだ？」

気を取り直して、直次郎は別の質問をした。

「それも『高田屋』の若旦那に聞いてみたんですがね」

清右衛門が殺されたあと、『高田屋』の跡目は二十四歳になる一人息子の清太《せい》郎《た》《ろう》が継いだそうだが、辰三の話によれば、これが箸にも棒にもかからないぼんくら息子で、何を訊いても、

「存じません。まったく思い当たるふしはございません」

の一点張りだったという。そんな息子だからこそ、清右衛門は番頭の与兵衛を頼りにしていたのだろう。結局のところ、清太郎からは何も聞き出せなかったのである。

「辰三」

直次郎は腰を上げた。

「無駄足を踏ませちまって、済まなかったな」

「どういたしやして」

「杉江さんには気の毒だが、これ以上、おれの力じゃどうすることもできねえ」

「へえ」

悄然《しょうぜん》と肩を落とす辰三に、

「北町の連中だって、このまま手をこまねいちゃいねえだろう。そのうち本腰を入れて探索に乗り出すに違いねえ。最後まで望みを捨てねえことだな」

慰《なぐさ》めるようにそういって、直次郎は番屋を出て行った。

5

がらり。

自宅の玄関の戸を引き開けた瞬間、小夜は思わず息を呑んだ。

三和土《たたき》に男物の雪駄《せった》が脱ぎそろえてある。

「誰かいるの？」

恐る恐る奥に声をかけると、「あっしです」と低い男の声が返ってきた。

「なんだ、半さんか」

ほっと安堵して、小夜は背負っていた台箱を上がり框に下ろし、奥の部屋に向かった。

明かりもない暗い部屋の隅に、半次郎がうっそりと座っていた。

「留守中、勝手に上がらせていただきやした」

「それは構わないけど、明かりぐらいつけておきなさいよ」

いいながら、小夜は火打ち石を切って、行燈に灯を入れた。

部屋の中にはむっとするような暑気がこもっている。

「窓も閉め切ったままだし、本当に気が利《き》かないわね、半さんて」

子供を叱《しか》りつけるような口調でそういうと、ずかずかと半次郎の前を横切って、障子窓を開け放った。とたんに、ひんやりと夜気が吹き込んできた。

「やれ、やれ、今日も暑かったわねえ」

ぱたぱたと団扇《うちわ》を使いながら、腰を下ろす小夜に、

「わかりやしたよ」

半次郎がぼそりといった。

「え？　何のこと？」

「白雲堂って易者です」

「ああ、思ったより早かったじゃない」

「結構顔が売れてましたからね、盛り場で」

「それで？」

「名前は梶川卜龍、住まいは浅草諏訪《すわ》町」

抑揚のない低い声でそういうと、半次郎は梶川の住まいの略図を書いた紙をふところから取り出し、それに三両の金子《きんす》を添えて小夜の前に置いた。

「このお金は？」

「仕事料です」

「じゃ、元締めがこの仕事を……？」

「小夜さんにやってもらいてえと」

「そう」

小夜の切れ長な目がきらりと光った。表情も一変し、〝裏〟の顔になっている。

「請けてもらえやすね」

「もちろんですとも。そもそも、あたしがいい出したことなんだから」

「梶川は女と住んでおりやす。くれぐれもその女に気《け》どられねえように」

「わかったわ」

「じゃ、あっしはこれで」

ひらりと身をひるがえして、半次郎は部屋を出ていった。

小夜は立ち上がって寝間に入り、素早く着替えを済ませた。黒の筒袖《つつそで》にぴちっとした黒の股引《ももひ》きというでたちである。

行燈の灯を吹き消して家を出ると、小夜は人通りの少ない路地の闇を拾って、浅草に向かった。

浅草諏訪町は、東は大川に面し、西は奥州街道をへだてて猿屋《さるや》町、南は黒船《くろふね》町、北は駒形、三間《さんげん》町に隣接する古い町屋である。

梶川卜龍の家は、諏訪町と黒船町の境の路地奥にあった。低い生《い》け垣《がき》をめぐらした二階建ての瀟洒《しようしや》な一軒家である。

二階の出窓の障子にほんのりと明かりがにじんでいる。

小夜は音もなく生け垣を飛び越えて、家の裏手に廻った。

風呂場からかすかに水の流れる音がする。誰かが湯浴《ゆあ》みをしているようだ。

小夜は足音を忍ばせて、風呂場の窓の隙間から中をのぞき込んだ。

女の白い裸身が見えた。女は情交の余韻を楽しむように丹念に体を洗っている。

（殺《や》るならいまだ）

闇の中で小夜の目が白く光った。そっと踵を返してその場を離れると、小夜は居間の濡れ縁《えん》の前に立ち、二、三度膝《ひざ》を屈伸させてタッと地を蹴った。

次の瞬間――、
小夜は二階の出窓の欄干《らんかん》の上に立っていた。なんと一丈（約三メートル）はあろうかという高さを、真上から糸で吊り上げられたように、ほぼ垂直に跳んだのである。

信じられぬ跳躍《ちょうやく》力であり、身軽さだった。

この恐るべき跳躍力は、かつて小夜が旅の軽業《かるわざ》一座にいたころ、親方から徹底的に仕込まれた蓮《れん》飛びという技だった。

蓮飛びとは、奈良朝時代に中国から伝来した散楽雑戯《さんがくざつぎ》の一種で、物《もの》の書《しょ》に、

〈軽業は蓮《はす》の実より事起これり〉

とあるように、演者が飛び跳ねるさまは、さながら蓮の実が飛ぶようだったという。

それがこの曲飛びの名の由来である。

小夜は出窓の障子の桟《さん》に手をかけて、そっと引き開けて見た。

がっしりした体つきの浪人者が、全裸で布団に腹這《はらば》いになって煙管《きせる》をくゆらせている。

梶川卜龍だった。布団の周囲には女の着物が脱ぎ散らかされている。

梶川が二服目の煙草を吸おうと、煙草盆《たばこぼん》に手を伸ばしたときである。

小夜の右手がすっと上がり、髪のかんざしを引き抜いた。

尖端《せんたん》が針のように尖《とが》った銀の平打ちのかんざしである。それを口にくわえると、小夜は出窓の障子を一気に開け放ち、矢のような速さで部屋の中に飛び込んだ。

「だ、誰だ！」

振り向く間もなく、梶川の盆《ぼん》の窪《くぼ》にかんざしが深々と打ち込まれた。

「う、うう」

白目を剝《む》いて、梶川は虚空をかきむしった。かんざしの尖端は、盆の窪をつらぬいて、延髄《えんずい》にまで達していた。延髄は後脳と脊髄《せきずい》をつなぐ急所中の急所である。

半開きの口から血泡を噴いて、梶川はぐったりと弛緩《しかん》した。

と、そのとき、階段に足音がひびいた。

小夜は素早くかんざしを引き抜き、出窓に跳び移って静かに障子を閉めると、翼《つばさ》のように両手を広げてふわりと闇に身を躍らせた。

表の生け垣を飛び越えて、路地奥の闇に走り込んだところで、小夜は背中にけたたましい女の悲鳴を聞いた。


チリチリと音を立てて、行燈の灯が揺らめいている。

文机に向かって書き物をしていた寺沢弥五左衛門は、ふっと顔を上げて部屋の中を見廻した。行燈の灯が消えかかり、部屋の中に薄闇がただよっている。

(灯油が切れたか)

ようやくそのことに気づき、筆を置いて腰を上げると、台所から油差しを持ってきて、行燈の灯油皿に油を注いだ。

消えかけていた灯《ひ》が勢いを増し、部屋の中にポッと明かりが広がった。

ふうっ。

と一つ大きく伸びをすると、弥五左衛門は左右の肩をトントンと叩きながら、ふたたび文机に向かって筆を取った。いま弥五左衛門が執筆しているのは、天応院に材を得た「神仏の御利益」という副題の随筆で、『江戸繁昌記』第一編の

「売卜者《ばいぼくしゃ》の話」より面白い読み物になりそうだった。

（何刻《なんどき》ごろだろう？）

筆を止めて、弥五左衛門は宙に目を据えた。原稿を書き進めてゆくうちに次第に興に乗り、いつしか時間のたつのを忘れていたのである。

そのとき、廊下にかすかなきしみ音がした。

「半次郎か」

弥五左衛門は首をめぐらして誰何《すいか》した。

「へい」

低い声とともに、襖が静かに引き開けられ、半次郎がそろりと入ってきた。

「ちょうどいいところに来てくれた。すっかり茶が冷めてしまったのでな、熱いのに淹《い》れ替えてくれぬか。竈の薬罐《やかん》にまだ湯が残っているはずだ」

「かしこまりました」

半次郎は茶盆を持って台所に去り、すぐに熱い茶を淹れてもどってきた。弥五左衛門はそれをうまそうにすすりながら、

「だいぶ夜も更《ふ》けたようだが、何刻ごろかな？」

「四ツ（午後十時）を少し廻っております」

「そうか。もうそんな時刻になるか」

湯飲みを茶盆にもどして、弥五左衛門は射るような目で半次郎を見た。

「――で？」

「首尾よく」

「仕留めたか」

半次郎は無言でうなずいた。あいかわらず表情のない仮面のような顔である。

「だがな、半次郎。これで仕事が終わったわけではないぞ。梶川卜龍と天応院の関わりは、この護符を見ても明らかだ」

弥五左衛門は、文机の横に積み上げた資料の中から、天応院の護符を引き抜いて畳の上に置いた。それは半次郎がある商家から手に入れてきたものだった。

「あの寺は伏魔殿《ふくまでん》だ。叩けばまだまだ埃《ほこり》が出る。探索の手をゆるめてはならんぞ」

「心得ております」

「わしの原稿を面白くするためにもな」

そういって、弥五左衛門はにやりと笑ってみせた。

第六章　天応院《てんおういん》炎上

1

陽《ひ》が落ちて、ぱったりと人気《ひとけ》の絶えた天応院の参道の入口に、二挺《ちょう》の町駕籠《まちかご》がひっそりと止まり、山岡頭巾《やまおかずきん》で面《おもて》をおおった二人の武士が降り立った。二人とも美服をまとい、腰に立派な拵《こしら》えの両刀を帯した恰幅《かっぷく》のよい武士である。

走り去る二挺の町駕籠を見送ると、山岡頭巾の二人の武士は、ゆったりと背を返して山門のほうへ足を向けた。

山門の奥の薄闇に明かりが揺らいでいる。その明かりが二人の武士に近づいてきた。

松明《たいまつ》を持った若い修行僧である。

「お待ちしておりました。どうぞ、こちらへ」

僧が先に立って、天応院の方丈《ほうじょう》に二人を案内した。

二人の武士が通されたのは、方丈の客間だった。八畳ほどのその座敷には、美酒佳肴《かこう》の膳部が用意されており、笹木弥九郎と寺社奉行配下の安藤主膳が待ち受けていた。

膳部の前に着座すると、二人はおもむろに山岡頭巾をはずした。いずれも四十年配の中年武士だが、髪は黒々と濃く、脂《あぶら》ぎった顔には精力がみなぎっている。

「御納戸頭《おなんどがしら》の鮫島《さめじま》さまと御勘定吟味役《おかんじょうぎんみやく》・郷田《ごうだ》さまでござる」

安藤主膳が笹木に二人を紹介した。

納戸頭は七百石、勘定吟味役は五百石の旗本である。

「お初にお目もじいたします。当寺の用人、笹木弥九郎にございます。以後、お見知りおきのほどを」

笹木が平伏する。

「安藤どのから話を聞いて、早速《さっそく》参上つかまつった」

「ふふふ、このあとが楽しみでござる」

二人は意味ありげに笑い、それぞれふところから切餅を取り出して笹木の前に置いた。笹木はそれを受け取ると手文庫に納めて、二人に酒を注いだ。

しばらく酒の献酬がつづいたあと、笹木が腰を上げて、

「ただいま、支度をしてまいりますので」

と部屋を出て行った。

廊下の角で一人の僧が笹木を待ち受けていた。伊亮である。

「そろそろ寝間《ねま》の用意を――」

「はっ」

と伊亮は頭を下げ、

「どの娘にいたしましょうか？」

「そうだな。お園とお絹《きぬ》にするか」

「かしこまりました」

二人は裏口から渡り廊下を伝って、祈禱《きとう》所に向かい、修法《しゅほう》部屋に入った。

その部屋では、あいかわらず薄衣《うすぎぬ》をまとった娘たちが六、七人、口々に呪《じゅ》を唱えながら忘我《ぼうが》の境で五体投地《ごたいとうち》の修法に打ち込んでいる。

「お園、お絹」

伊亮が声をかけると、お絹と呼ばれた娘がふらふらと立ち上がった。

だが、お園は板敷きに座り込んだまま動こうとはしない。

「お園、灌頂《かんじょう》の儀だ。立て」

「いやです」

お園がキッと振り向いた。

「なに」

「わたしは、もう十分に修行を積みました。お願いですから、帰らせてください」

「そうはいかぬ。法念上人さまのお許しが出ぬかぎり、おまえはここから一歩も出られんのだ。さ、立て」

「わたしは五日の約束で御籠《おこもり》にきたんです。おっ母《か》さんが心配してます。後生《ごしょう》ですから帰してください」

いまにも泣き出しそうな顔で、お園がいいつのる。

「おまえはまだ修行が足りぬ。おまえの体にはまだ悪霊が取り憑《つ》いているのだ。それを取り除かぬかぎり、母親の病も治らんぞ」

「でも――」

「母親が死んでもかまわんのか！」

伊亮が恫喝《どうかつ》するように声を張り上げた。ぴくんとお園の体が硬直した。

「さあ、立て。邪念を捨てて、灌頂の儀を受けるのだ」

「………」

お園は呪縛にかかったように、よろよろと立ち上がった。

「わしについてきなさい」

笹木がお園とお絹をうながして、それぞれ別の部屋に連れて行った。

お園が入れられたのは、六畳の板敷きに四畳半の次の間がついた部屋である。

次の間には、緋緞子《ひどんす》の夜具が敷きのべられてある。枕屏風《まくらびょうぶ》の前に置かれた丸《まる》行燈《あんどん》が、ほんのりと薄紅色の明かりを散らしている。

お園は虚脱したような表情で夜具の上に座り込んだ。これからこの部屋で何が起きるのか、お園にはわかっていた。不安と恐怖で肩がかすかに震えている。

ややあって、板戸がすっと引き開けられ、黒い人影が入ってきた。

お園は固く目を閉じて身をすくめている。

人影がゆっくり歩み寄ってきた。

白綸子《しろりんず》の寝衣《しんい》をまとった武士——納戸頭の鮫島である。

鮫島は好色そうな笑みを浮かべてお園の前にひざまずくと、両手をそっとお園の肩にかけて薄衣を引き下ろした。薄衣がはらりと滑り落ちる。

剥《む》き卵のように白く艶やかなお園の裸身が、丸行燈の薄紅色の明かりを受けて、妖美《ようび》な光沢を放っている。

鮫島はごくりと生唾《なまつば》を飲み込み、両手でお園の胸のふくらみを揉《も》みしだいた。

固く目を閉じたまま、お園はなすがままになっている。

鮫島の手がお園の股間に滑り込み、薄い秘毛の生えたはざまを撫《な》で下ろしてゆく。

「あっ」

お園が小さな声を発した。鮫島の指先が切れ込みに触れたのだ。

「法悦《ほうえつ》じゃ、法悦じゃ」

つぶやきながら、鮫島は指先でお園の秘孔をまさぐった。

あ、ああ……。かすかなあえぎ声を洩《も》らして、お園は身をくねらせている。

鮫島の息づかいも荒くなった。堪《たま》りかねたように白綸子の寝衣を脱ぎ捨て、下帯もはずして全裸になった。肩から背中にかけて剛毛が密生している。

「さ、横になりなさい」

お園を緋緞子の夜具に仰向けに寝かせると、鮫島はその上におおいかぶさり、屹立《きつりつ》した一物をいきなりお園の秘孔に突き入れた。

「あーっ」

小さな悲鳴を発して、お園はのけぞった。

うお、うお、おう。

と、けだもののような咆哮《ほうこう》を上げながら、鮫島は激しく腰を振った。

鮫島の肥満体の下で、押しつぶされそうになりながら、お園はつらぬかれている。

まるで巨熊に襲われた小兎《こうさぎ》のように痛々しい姿だ。


「二人合わせて四十両か」

手文庫の中の金子《きんす》をのぞき込んで、法念がぼそりといった。

方丈の法念の居室である。青々とした琉球畳《りゆうきゆうだたみ》が敷きつめてあり、唐紙は金箔《きんぱく》張り、床の間には三幅対《さんぷくつい》の掛け軸、青磁《せいじ》の香炉から細い香煙が立ち昇っている。

「十両は安藤さまにお渡ししておきました」

応《こた》えたのは笹木弥九郎である。

「で、安藤どのは？」

「一足先にお帰りになられました」

「そうか。まずは重畳《ちょうじょう》、ご苦労だった」

法念はにんまりと笑い、金蒔絵《きんまきえ》の蝶足膳《ちょうあしぜん》の土器《かわらけ》を取って笹木に差し出した。

「ちょうだいいたします」

「おぬしと交誼《こうぎ》を得て、もう七年になるか」

法念がしみじみという。

「早いものですな、歳月のたつのは」

「こうして栄耀《えいよう》栄華の暮らしができるのも、おぬしのおかげだ。あらためて礼を申す」

「いや、いや、礼にはおよびませぬ。手前とて法念どののご縁がなければ、いまごろはまだ野良犬《のらいぬ》暮らしをしていたでしょう」

土器の酒を干しながら、笹木が感懐にふけるように目を細めていった。

この二人が出会ったのは、七年前の天保七年（一八三六）の夏のことである。

当時、笹木弥九郎は三十三歳。職務上の失態から備中《びっちゅう》岡田《おかだ》藩の士籍を剥奪《はくだつ》され、三年ほど諸国を流浪したあと、江戸に出てきて天応院の宿坊に一夜の宿《やど》りを求めたのが、そもそものきっかけだった。

一方の法念は、笹木より二つ年上の三十五歳だった。

幼いころに両親と死別し、子に恵まれなかった天応院の住職・円覚《えんかく》に引き取られて養子になった法念は、円覚夫婦に甘やかされて育てられたせいか、成長するにつれて素行が乱れはじめ、二十歳《はたち》を過ぎたころにはいっぱしの遊冶郎《ゆうやろう》を気取って悪所《あくしょ》通いにうつつを抜かすようになった。そんな法念を養父の円覚は、

(いずれ目が醒《さ》めるだろう)

と寛大《かんだい》に見守ってきたが、その期待と願いを裏切って、年を重ねるたびに法念の乱行は度を増していった。

円覚の忍耐が限界に達したのは、長患《ながわずら》いの妻が他界したときだった。こともあろうに法念は、養母の葬儀の夜に檀家からの香典を盗んで岡場所《おかばしょ》に繰り出したのである。

さすがの円覚もこれには怒り心頭《しんとう》に発し、

「行状をあらためて仏道に専心するか、寺を出て勝手気ままに一人で生きるか」

二つに一つの決断を迫ったのである。

笹木弥九郎が天応院に宿りを求めてきたのは、ちょうどそんなときであった。出会ったとたんになぜかうまが合った二人は、寺を抜け出しては酒を酌《く》み交《か》わす仲になっていたのである。法念から相談を受けた笹木は、

「いっそのこと、あの寺を乗っ取っちまったらどうですかい？」

こともなげにいってのけた。その一言が法念の人生を一変させたといっていい。

円覚が急死したのは、その三日後だった。

臨終に立ち会った町医者・村井宗庵は、円覚の死因を心《しん》ノ臓《ぞう》の発作と診断したが、実はこの村井を連れてきたのも笹木だった。

円覚の跡を継いで天応院の住職の座についた法念は、本寺・知隆院元禄寺との縁を切って「神明夢想教」なる怪しげな新宗派を興したのである。これも笹木弥九郎の入れ知恵《ちえ》であったことは言を俟《ま》たない。

「しかし、法念どの。これで満足してはなりませぬぞ」

狡猾《こうかつ》な笑みを浮かべて、笹木がいった。

「おぬしも欲が深いのう」

法念は苦笑した。

「寺領地拡張の儀はほぼ決まった。それでもまだ足りぬと申すのか」

「ゆくゆくは、この寺を将軍家の御祈禱所に――」

「将軍家の?」

「若い娘を餌《えさ》にして、ああして旗本連中を手なずけているのも、その目的があってこそ」

旗本連中とは、納戸頭の鮫島と勘定吟味役の郷田のことである。

「やがてこの噂が柳営《りゅうえい》に広まり、公儀の有司《ゆうし》、要路《ようろ》が続々とこの寺にやってくるでしょう」

「なるほど、それを手づるにして将軍家御祈禱所のお墨付きを得ようという算段か」

「御意《ぎょい》にございます」

「ふふふ、おぬしの智略には、いまさらながらに頭が下がる。これからもわしはおぬしの傀儡《かいらい》に徹するつもりだ。よしなに操《あやつ》るがよい」

「恐れ入ります」

笹木は慇懃《いんぎん》に低頭した。

このとき、二人が座している真下の、床板一枚へだてた暗闇の中で、全身黒ずくめの男がじっと身をひそめて一部始終を聞いていたことに、二人はまったく気づいていなかった。黒ずくめのその男は、半次郎だった。

2

ギイ、ギイ、ギイ……。

櫓音《ろおと》とともに、闇に包まれた日本橋川の川面をゆっくり遡行《そこう》してくる一艘《そう》の猪《ちょ》牙舟《きぶね》があった。櫓を漕いでいるのは、半次郎である。

猪牙舟はほどなく小網町の船着場に着いた。

桟橋《さんばし》に舟をもやって、半次郎は石段を上りかけたが、ふいに足を止めて舟小屋に目をやった。羽目板の隙間から、かすかに明かりが洩れている。

半次郎の目がきらりと光った。足音を忍ばせて戸口に歩み寄り、板戸の節穴から中をのぞき込んだ。空き樽《だる》の上の手燭《てしょく》に小さな灯がともっている。

小屋の奥の畳敷きに横になり、高いびきをかいて眠りこけている男がいた。

仙波直次郎である。半次郎はほっと胸を撫で下ろし、板戸を開けて中に入った。

「旦那」

と声をかけると、直次郎は気だるそうに体を起こして、

「おう、もどってきたか」

眠たそうな目で半次郎を見た。

「あっしを待っていたんですかい？」

それには応えず、

「ちっ」

と顔をゆがめて、直次郎は首筋をぼりぼりかいた。

「蚊の巣窟《そうくつ》だな、この小屋は」

「そのわりにはよく眠っておりやしたよ」

「眠ってたんじゃねえさ。ちょいと横になってただけよ」

「あっしに何か？」

「ああ、ちょいとおめえの耳に入れておきてえことが――」

といいさして、直次郎はふわあと大欠伸《あくび》を一つすると、

「おれの知り合いに杉江兵庫って北町の同心がいるんだがな」

そう前置きして、杉江兵庫が高田屋清右衛門殺しを追っていたことや、その件

で高田屋の番頭・与兵衛と密会していたこと、その密会を最後に二人が行方《ゆくえ》知れずになったことなどをかいつまんで話し、

「ところが、今日になってその二人が見つかったんだ。死体でな」

「死体で？」

「佃島の漁師の網に引っかかったそうだ」

その漁師の話によると、二人の死体には麻縄《あさなわ》が巻きついていたという。

「おそらく石でもくくりつけて海に投げ込まれたんだろう。その重しが何かのはずみではずれて死体が浮き上がり、漁師の網にかかったに違いねえ」

「けど、旦那」

半次郎がけげんそうな顔で、

「なぜそれをわざわざあっしに……？」

「この事件《やま》には、天応院がからんでる」

「え？」

「と、おれは見たのよ。そのことを元締めに伝えてもらおうと思ってな」

半次郎は急に黙りこくってしまった。

「どうしたい？　何か不都合なことでもあるのか？」

「いえ、別に――」

一瞬、半次郎は逡巡したが、意を決するように直次郎を直視していった。

「実をいいやすと、元締めのご下命を受けて、あっしもたったいま天応院に行ってきたところなんで」

「ほう。何を探ってきたんだ？」

「………」

半次郎は返事をためらっている。

「いえねえかい？」

「元締めのご裁可《さいか》が下るまでは――」

半次郎の探索は緒《ちょ》についたばかりである。元締めに報告する前に、直次郎に手の内を明かすわけにはいかなかった。これは元締めに対する忠節心《ちゅうせつ》というより、組織としての掟《おきて》なのだ。

「ま、いいだろう。口の固《かて》えのがおめえの身上だからな。無理には聞かねえさ」

直次郎はゆったりと腰を上げた。

「おれの勘に狂いがなければ、杉江兵庫と与兵衛を殺したのは、天応院の手の者だ。ついでにこの件も取り上げてくれるように元締めに伝えてくれ」

そういい残して、直次郎はふらりと出て行った。

半次郎は水瓶《みずがめ》の水を杓《ひしゃく》ですくって、ごくごくと飲み干すと、布団の下から分厚い綴《つづ》りを取り出して、空き樽の上に広げた。

細かい文字でびっしり埋めつくされたその綴りは、寺沢弥五左衛門の『江戸繁昌記』の取材メモでもあり、裏稼業の探索メモでもあった。

半次郎は矢立てを取って、つい先ほど天応院で見聞きしてきたことを、新しい頁《ページ》に書きつらね、最後に、
仙波直次郎どのより依頼有り。

北町同心・杉江兵庫と高田屋番頭・与兵衛、殺害の件。

天応院の疑惑、益々深まれり。

と付け加えて筆を置くと、険《けわ》しい目で虚空を見据えた。

文机《ふづくえ》に向かって帳付けをしていた吾兵衛が、人の気配を感じてふっと顔を上げた。

深川蛤町の妓楼《ぎろう》『三浦屋』の一階の奥座敷である。

かすかな物音とともに、庭の植え込みの陰から、ひょっこり姿を現したのは佐

吉だった。

「おう、佐吉か」

「ちょいとお邪魔いたしやす」

濡れ縁の沓《くつ》脱ぎに雪駄《せった》を脱いで、佐吉はこそこそと座敷に上がり込んだ。

「また金の無心か？」

と渋面《じゅうめん》を作る吾兵衛に、

「えらいことになりやしたよ」

佐吉は深刻そうな面持ちでいった。

「どうした？」

「梶川卜龍先生が何者かに殺されやした」

「なに！」

吾兵衛のあばた面が引きつった。

「そ、それは、いつのことだ？」

「一昨日《おとつい》の晩です」

「物盗《ものと》りの仕業《しわざ》か」

「いえ、盗まれた物は何もねえそうで。町方は怨《うら》みと見てるようです」

「うーむ」

吾兵衛は蟇蛙《ひきがえる》のように顔をゆがめて考え込んだが、

「梶川先生にかぎらず、おれたちは人の怨みを買って生きてるようなもんだからな。いつ寝首をかかれても不思議じゃねえ。大事なのは常に用心を怠《おこた》らねえってことよ」

「へえ」

「おめえもせいぜい気をつけたほうがいいぜ」

そういうと、吾兵衛は金箱から小判を二枚取り出して、佐吉の前にチャリンと投げ出した。佐吉はその金をけげんそうに見て、

「これは……？」

「路銀だ。しばらく江戸を離れるこったな」

「旅に出ろとおっしゃるんで？」

「ああ、ほとぼりが冷めるまで、品川《しながわ》か千住《せんじゅ》あたりで遊んでくりゃいいさ」

「わかりやした。じゃ」

と二枚の小判をわしづかみにしてふところにねじ込み、佐吉はぺこりと頭を下げて出て行った。

裏木戸から路地に出た佐吉は、用心深くあたりの様子をうかがうと、ひらりと背を返して足早に立ち去った。と、そのとき、路地角から菅笠《すげがさ》をかぶった男が飛び出してきて、小走りに佐吉のあとを追って行った。万蔵だった。

万蔵は、この日も大島川の川岸で鯔《ぼら》釣りの釣り人たちを眺めながら、何食わぬ顔で『三浦屋』の動きを探っていたのである。

そこへ佐吉が現れたのだ。

もっとも万蔵は佐吉の顔を知らないので、正確にいえば佐吉らしき男である。その年恰好や男っぷりのよい顔だち、いかにも銀流《ぎんなが》し然《ぜん》とした伊達《だて》な身なりなどから、

（佐吉に違いねえ）

と直観《ちょっかん》した万蔵は、『三浦屋』の脇路地に入って行く佐吉のあとをこっそりと跟《つ》けて、路地角で佐吉が出てくるのを待ち受けていたのである。

佐吉が向かったのは、本所亀澤町の借家だった。

板葺《いたぶ》き屋根の小家がひしめく路地奥の小さな平屋である。

部屋に入ると、佐吉はすぐ旅支度《したく》をはじめた。

行き先は千住宿と決めていた。

千住の掃部宿《かもん》には、飯盛旅籠《めしもりはたご》と称する淫売宿が数十軒あり、揚《あ》げ代も深川や吉《よし》原《わら》よりはるかに安いので、江戸市中からの遊び客も少なくなかった。

（二両もあれば、半月は遊んで暮らせるだろう）

千住を選んだ一番の理由はそれだった。

必要最低限の身のまわりの品々を振り分けの小行李《ごうり》に詰め込み、手甲脚絆《てっこうきゃはん》をつけて部屋を出ようとしたとき、ふいに佐吉の足が止まった。

戸口に菅笠をかぶった見慣れぬ男が仁王立ちしている。

「あ、あっしに何か用かい？」

上がり框《がまち》に立ちすくんだまま、佐吉は探るような目で男を見た。

「佐吉さん、だね？」

菅笠の下から、万蔵の低い声が返ってきた。

「おめえさんは？」

「古着屋の万蔵って者だが、おめえにちょいと訊《き》きてえことが――」

いい終わらぬうちに、佐吉はバッと身をひるがえした。

だが、一瞬速く、万蔵が佐吉の背中に飛びついていた。

二人は折り重なったまま、部屋の中に転がり込んだ。

うつ伏せに倒れ込んだ佐吉を、万蔵が背後から組み伏せる恰好になった。すかさず右手を佐吉のあごの下に差し込み、力まかせに頸《くび》を絞め上げた。

佐吉は白目を剝いて、畳をかきむしった。顔が真っ赤に紅潮している。

「う、ううう……」

「お園って娘はどこにいる！」

「うっ、う……、い、息が……、できねえ」

万蔵が手をゆるめると、佐吉は大きく息をついて、

「て、鉄砲洲の……、天応院って……寺だ」

天応院の名は、噂《うわさ》を聞いて、万蔵も知っていた。

「お園は、まだその寺にいるのか？」

「い、いるはずだ」

「はず？……はずとは、どういうこった？」

「お園を、天応院に連れてったのは……、梶川卜龍って易者《えきしゃ》だ。そのあとのことは……おれも知らねえ」

「どうもうさん臭え話だ。寺籠もりってのは、嘘だったんじゃねえのか」

「…………」

急に佐吉は押し黙ってしまった。

「どうなんだ？　素直に吐かねえと頸の骨をへし折るぞ」

「ま、待ってくれ！」

佐吉は必死に手をばたつかせた。

「公儀の役人に……、お、お園を……、抱かせるといってた……」

「何だとォ！」

思わず万蔵は驚声を発した。

「誰がそういったんだ！」

「天応院の……、笹木って浪人者だ」

「そうか」

万蔵の目にぎらぎらと怒りがたぎっている。

「そんなからくりがあったのか――」

「し、知ってることは、みんなしゃべった。た、頼むから、命だけは助けてくれ」

「そうはいかねえ」

「えっ！」

「てめえも、その薄汚ねえ企《たくら》みに一役買ったんだ。生かしておくわけにはいかねえ」

「そ、そんな……、それじゃ約束が……」

そこで佐吉の声がぷつりと途切れた。万蔵の太い腕が佐吉の咽喉《のど》に食い込んだのである。

佐吉の顔が真っ赤にふくれ上がり、こめかみに青筋が浮き立った。

万蔵は渾身《こんしん》の力で佐吉の頸を絞め上げた。

グキッと鈍い音がして、佐吉の首が直角に傾いた。頸骨《けいこつ》が折れたのである。

万蔵はゆっくり立ち上がり、畳に突っ伏している佐吉を冷然《れいぜん》と見下ろした。

このときはじめて、万蔵は佐吉が手甲脚絆をつけていることに気づいた。かたわらには振り分けの小行李も転がっている。

「とんだ旅立ちになっちまったな」

万蔵は鼻でせせら笑った。

「これが本当の死出《しで》の旅よ」

いったん番場町の家にもどった万蔵は、陽が落ちるのを待って、ふたたび家を出た。

3

向かった先は鉄砲洲の天応院である。

本湊町に着いたころには、すっかりあたりも暗くなり、東の空に半月が浮いていた。

町筋には、まだちらほらと人影があったが、杉木立に包まれた天応院の参道には、人の気配も明かりもなく、塗り込めたような闇がただよっていた。

石畳の参道を音もなく踏みしめながら、万蔵は境内に向かった。

フオッフォ、フオッフォ、フオッフォ……。

どこかで仏法僧《ぶっぽうそう》が鳴いている。

異変が起きたのは、山門をくぐったときだった。

ふいに仏法僧の鳴き声がやんで、前方の闇に小さな明かりが三つ、四つ揺らめいた。

万蔵は反射的に翻身《ほんしん》し、杉木立の中の藪陰《やぶかげ》に身をひそめた。

足音がひびき、四つの影が参道を駆け下りてきた。いずれも手に松明をかざしている。墨染《すみぞ》めの僧衣をまとった屈強の修行僧たちだった。

万蔵は固唾《かたず》を呑んで、藪陰から四人の動きを見守った。

「娘は手傷を負っている。そう遠くへは行っていまい」

一人が足を止めていった。伊亮だった。

「このあたりを隈《くま》なく探せ」

「はっ」

四人は身をひるがえして、参道の両側の林の中へと散って行った。

ざざっと音がして、万蔵の目の前を、一人の僧が駆け抜けていったが、すぐにその姿は闇に飲み込まれていった。

密生した木立の間に、松明の明かりがちらちらとよぎっている。

やがてその明かりが闇の中に溶け消えて、四辺はふたたび静寂に包まれた。

藪陰から首を伸ばして、あたりの気配をうかがうと、万蔵はそっと立ち上がった。

そのときである。背後でカサッと物音がした。

「！」

振り向くなり、万蔵はふところの匕首《あいくち》を引き抜いて身構えた。その目に飛び込んできたのは、灌木《かんぼく》の茂みにうずくまっている娘の姿だった。

目を凝らして見ると、薄衣一枚の娘が身をすくめてぶるぶると震えている。その背中にべっとりと血がにじんでいるのが、夜目にもはっきりと見てとれた。

「娘さん」

低く声をかけると、娘はギョッとして振り返った。万蔵は息を呑んだ。

「お園ちゃんじゃねえか」

娘は信じられぬような顔で万蔵を見返した。まぎれもなく、その娘はお園だった。

「万蔵さん」

小さく叫んで、立ち上がろうとするお園に、

「まだ動いちゃいけねえ」

ささやくようにそういって、お園を灌木の茂みに座らせると、万蔵は鋭く四辺の闇に視線をめぐらした。

鬱蒼《うっそう》と生い茂った樹林には、深い闇と不気味なほどの静けさがただよってい

る。

また仏法僧が鳴きはじめた。万蔵はお園の肩をそっと引き寄せた。

「立てるかい？」

お園はこくりとうなずいて立ち上がろうとしたが、次の瞬間、ぐらりと体をよろめかせ、崩れるように草むらに膝をついた。薄衣が血でびっしょり濡れている。

「その怪我《けが》じゃ無理だ。さ、あっしの背中に――」

片膝《ひざ》をついて背を向けると、お園は倒れ込むように万蔵の背中に体をあずけた。

お園を背負《おぶ》って樹林の闇の中を歩くこと四半刻（約三十分）。

やがて木立の向こうに本湊町のまばらな町明かりが見えた。

ここまでくれば、もう追手に見つかる心配はない。

本湊町の入り組んだ路地を抜けて、鉄砲洲河岸に出た。

鏡のように凪《な》いだ海が、満天の星明かりを映してきらきらと銀色に耀《かがや》いている。

岩場の小さな入り江に船着場があった。佃島への渡し舟の船着場である。

栈橋に五、六艘の小舟がつながれていた。

万蔵は伝馬船に乗り込み、背負っていたお園を胴の間《どうのま》にそっと横たわらせた。

紙のように白い顔が星明かりを受けてさらに青白く見える。

「お園ちゃん、大丈夫かい？」

お園はふっと目を開けて、小さく微笑《ほほえ》んだ。

「もうしばらくの辛抱《しんぼう》だ。頑張るんだぜ」

そういうと、万蔵はもやい綱をほどいて、伝馬船を海に押し出した。

風もなく、おだやかな夜だった。

二人を乗せた伝馬船は、凪いだ海を滑るように、北に向かって走ってゆく。

右手に佃島、左に霊岸島の島影を見ながら大川の河口に出た。そこからさらに大川をさかのぼって永代橋、新大橋をくぐり、やがて伝馬船は本所竪川に舳先《へさき》を向けた。

「お園ちゃん、もうじき着くからな。気をしっかり持つんだぜ」

櫓を漕《こ》ぎながら、万蔵が語りかける。だが、お園の返答はなかった。

万蔵は櫓を漕ぐ手を止めて、心配そうに胴の間に下りた。

仰向けに横たわったまま、お園はまばたきもせずに星空を見つめている。

「お園ちゃん」

「きれいな星空――」

消え入りそうな声で、お園がつぶやいた。だが、見開いたその双眸《ひとみ》からは、すでに光が失せていた。死期が間近に迫っていることは一目瞭然《いちもくりようぜん》だった。

万蔵は暗然とお園のかたわらにひざまずいた。

「万蔵さん」

お園がぽつりといった。

「何だい？」

お園は何かいいたげに、唇を震わせている。万蔵はその口元に耳を寄せた。

「おっ母さんを――」

かろうじて、そう聞こえた。

「おっ母さんを？」

万蔵が聞き返した。

「よろしく……、お願い……」

聞こえたのは、そこまでだった。万蔵は思わずお園の顔をのぞき込んだ。

両目の瞼《まぶた》は下りていたが、口元には小さな笑みが浮かんでいた。

眠るように安らかな死に顔である。

万蔵の口からかすかな嗚咽《おえつ》が洩れた。そして、それはすぐに慟哭《どうこく》に変わった。

「こんな、いたいけねえ娘を——」

お園の亡骸《なきがら》を抱きしめて、万蔵は男泣きに泣いた。


陶器のように白く、冷たいお園の裸身が、夜具の上に横たわっている。

そこは万蔵の家の寝間だった。お園の亡骸を自分の家に運び込んだあと、万蔵は血で汚れた薄衣を脱がせて、お園の体を拭《ぬぐ》い清めて夜具の上に寝かせたのである。

背中に刃物で突き刺されたような深い傷があった。

それが致命傷になったのだろう。万蔵はその傷口の血もきれいに拭き取った。神々《こうごう》しいほど無垢《むく》で美しいお園の裸身に、古着の中から選《え》りすぐった黄八丈《きはちじよう》の着物を着せると、万蔵はお園の亡骸を背負ってふたたび家を出た。

入江町の時の鐘が、ちょうど四ツ（午後十時）を告げはじめたとき、万蔵は弥兵衛店の長屋木戸をくぐった。長屋の住人たちはもう眠りについたのだろう。どの家も明かりを消してひっそり静まり返っている。おひろの家の窓にも明かりはなかった。

「おひろさん」

戸口に立って低く声をかけると、ほどなく障子窓《しょうじ》にポッと明かりがにじみ、腰《こし》高《だか》障子が開いて、寝間着姿のおひろが姿を現した。

「万蔵さん」

「夜分、申しわけありやせん」

頭を下げた万蔵の背に、お園の顔が揺れているのを見て、おひろは愕然《がくぜん》と息を呑んだ。

「お園ちゃん！」

「くわしい話は中で」

万蔵はお園の亡骸を背負ったまま部屋に上がり込み、おひろが寝ていた夜具の上にお園の体を静かに横たわらせた。

「い、いったい、これは……！」

「何者かに刺されやした」

「ま、まさか！……お園ちゃん！　お園ちゃん！」

おひろは半狂乱の態《てい》でお園の亡骸にすがりつき、悲鳴のような声を上げて号泣した。

万蔵は込み上げてくる怒りと悲しみを必死にこらえながら、身を揉むようにして泣き崩れるおひろに、ぽつりぽつりと事情を語りはじめた。

「お園さんが籠もっていた寺は、鉄砲洲の天応院という寺でしてね」

ある筋からその情報を得て、天応院に様子を見に行ったところ、途中で血まみれのお園にばったり出食わし、鉄砲洲河岸から船に乗せて連れて帰ったことや、本所を目前にしてお園が息を引き取ったこと、その亡骸をいったん自宅に運び込み、新しい着物に着替えさせて、おひろの長屋に運んできたことなどを、万蔵は沈痛な声で語った。

だが、佐吉から聞き出した話——すなわち、お園が公儀の役人の慰《なぐさ》みものにされていたという話は、胸にしまい込んだまま、いっさい語ろうとはしなかった。

いまのおひろにそれを打ち明けるのは、あまりにも酷《こく》だと思ったからである。

「寺籠もりを終えて一人で寺を出たあと、参道の暗がりで得体のしれぬ男にいきなり襲われたと、お園さんはそういっておりやした」

これも万蔵の方便だった。おひろに不審を抱かせないための心づかいである。

しばらく重苦しい沈黙がつづいたあと、

「この娘《こ》には……」

ぽつりといって、おひろがようやく顔を上げた。切れ長な目が涙でうるんでいる。

「最後までつらい思いをさせてしまいました。悔やんでも悔やみ切れません」

「あっしも悔しくてなりやせん。母親思いのいい娘さんだったのに——」

声を詰まらせて、万蔵はぐすんと鼻をすすり上げた。

「万蔵さん」

おひろが頬の涙を手の甲で拭いながら、向き直った。

「息を引き取る前に、お園は何かいい残しませんでしたか」

「おっ母さんを、よろしくお願いしますと……、それだけでござんした」

「そうですか」

おひろの顔にふっと小さな笑みが浮かんだ。

「お園は、万蔵さんのことが好きだったんですね」

「いやァ、それはどうですかねえ」

万蔵は照れるように頭をかいた。

「きっとそうですよ。万蔵さんに最期《さいご》を看取《みと》ってもらったのが、せめてもの救いです。本当にありがとうございました」

「どういたしやして」

「もし、よろしかったら」

ためらうような表情で、おひろがいった。

「お園の野辺《のべ》送りに、ご一緒していただけませんでしょうか」

「ようございますとも」

4

翌日の暮七ツ（午後四時）、本所入江町からほど近い茅場《かやば》町の『本源寺《ほんげんじ》』という小さな寺で、お園の葬儀がしめやかにとり行われた。

参列したのは、母親のおひろと万蔵、長屋の住人五人ほどである。

お園の亡骸が荼毘《だび》に付されたあと、寺の庫裏《くり》でささやかな精進《しょうじん》落としの法要がいとなまれたが、万蔵は先に辞去して番場町の自宅にもどった。

今日も暑い一日だった。

閉め切った六畳の部屋には、むんむんと暑気がこもっている。

障子窓を開け放って部屋の中に外気を入れると、万蔵は裏庭の井戸で冷やしておいた麦湯《むぎゆ》を持ってきて、立てつづけに数杯飲み干した。

——許せねえ。

あらためて、万蔵の胸に烈々《れつれつ》たる怒りが込み上げてきた。

お園は佐吉に騙《だま》されて天応院に連れて行かれ、そこで公儀の役人どもにもてあそばれたあげく殺されたのである。こんな悪行が許されていいわけはなかった。

（半次郎にこの事件《やま》を取り上げてもらうか）

そう思って身支度に取りかかったとき、

「ごめんください」

店先で女の声がした。あわてて店に出てみると、戸口に小夜が立っていた。女髪結いの姿ではなく、小ぎれいな身なりで蛇の目《じゃめ》の日傘を差している。

「おう、お小夜さんか」

「お暑うございますねえ」

日傘をくるくる廻《まわ》しながら、小夜がいった。

「中に入《へ》えんなよ」

「いいえ、用事を伝えにきただけですから」

万蔵の小さな目がきらりと光った。

「仕事かい？」

「六ツ半（午後七時）に半さんの舟小屋で」

それだけいうと、小夜は返事も聞かずさっさと立ち去って行った。

六ツ半までには、まだ一刻ほどある。

半刻ほど昼寝を決め込んだあと、万蔵は台所に行って竈《かまど》に火を熾《おこ》し、薬罐《やかん》に水を入れて湯をわかした。

湯がわいたところで、朝の残りめしに湯をぶっかけ、昆布《こんぶ》の佃煮でザザッと湯漬けをかき込むと、六畳間の押し入れの中から細い革紐《かわひも》の束を取り出した。これは万蔵が考案した「縄鏃《じょうぞく》」という飛び道具で、紐の尖端《せんたん》には鉄製の鏃《やじり》のようなものがついている。

長さは七寸（約二十一センチ）ほど、尖端が鋭く尖《とが》っていて、鏃というより手裏剣に似ていた。

縄鏃は紐を引いて飛んで行くために、鏃の部分が回転せずに水平を保ったまま、確実に標的に突き刺さる。また使用後に紐をたぐり寄せれば、暗闇の中でも回収が可能なので、殺しの現場に凶器《えもの》を残さぬという利点もあった。

その縄鏃と匕首をふところに忍ばせると、万蔵は家を出て日本橋小網町に向かった。

半次郎の舟小屋に着いたのは、六ツ半（午後七時）を少し過ぎたころだった。

直次郎と小夜は先にきていて、小屋の奥で茶をすすっていた。

「遅くなりやして」

ぺこりと頭を下げる万蔵に、

「万蔵」

直次郎がぎろりと目を向けた。

「佐吉を殺《や》ったのは、おめえだな？」

「旦那、なぜそれを？」

「ご府内で起きた事件は洩れなく奉行所に上がってくるからな。いやでもおれの耳に入ってくる。佐吉が何者かに首をへし折られて殺されたと聞いたとき、おれはすぐにピンときたのさ」

「実は、その件《こと》であっしからも話が――」

「佐吉が娘たちを騙して天応院に送り込んでたって話だろ？」

「え、それもご存じだったんで」

万蔵はびっくりしたように目を剝いた。

「半の字が何もかも調べてきたのよ」

「『大津屋』のおきよさんも佐吉に騙されて天応院に連れて行かれたに違いないわ」

小夜が憤然といった。それを受けて直次郎が、

「おきよだけじゃねえさ。柳橋の置屋で下働きをしていたお恵って娘も、佐吉に騙されて天応院に送り込まれた口だ」

その二人が天応院を逃げ出したあと、どんな結末を迎えたかはいうまでもなかった。

おきよは屈辱と絶望のあまり、みずから大川に身を投げて命を絶ち、途中で追手に捕まったお恵は、背中を一突きにされて京橋川に投げ捨てられたのである。

「そればかりか――」

直次郎がつづける。

「やつらは天応院の寺領地拡張に反対していた町年寄・高田屋清右衛門を殺し、その事件を追っていた北町同心の杉江兵庫と高田屋の番頭・与兵衛までも手にかけやがった」

「へえ、そんな裏があったんですかい」

万蔵は苦々しくため息をついた。

「『三浦屋』もその話に一枚嚙《か》んでいたんですよ」

小屋の奥の暗がりに座り込んでいた半次郎がぼそりといった。

「『三浦屋』も？」

「寺領地を拡張して門前町を作ったあと、『三浦屋』にそこを仕切らせる算段らしい」

半次郎に代わって、直次郎が応えた。

「なるほど、いろいろと派手にやってくれやすねえ」

万蔵は苦笑を洩らした。

「現世御利益どころか、あの寺は悪事の総本山だわ」

小夜が腹立たしげにいった。

「今回は大仕事になりそうだな、半の字」

「へえ」

とうなずいて、半次郎が立ち上がり、

「獲物は、天応院の法念上人と用人の笹木弥九郎、寺社奉行吟味物調役の安藤主膳。そして『三浦屋』のあるじ・吾兵衛……。都合のいいことに、この四人は今夜五ツ（午後八時）天応院の方丈に一堂に会《かい》して酒宴をもよおすそうです」

例によって、抑揚《よくよう》のない低い声である。

「よし、その仕事はおれと万蔵で請《う》けようじゃねえか」

直次郎がいった。万蔵も異存はない。横合いから小夜が不服そうな顔で、

「あたしはどうなのよ？」

「小夜さんには、町医者・村井宗庵を殺ってもらいます」

「村井宗庵？」

「その村井って医者はな」

半次郎に代わって、また直次郎が応える。

「天応院とつるんで、大した病でもねえ患者から、法外な祈禱料を騙し取っていた悪徳医者だ。半の字の調べによると、祈禱を断った患者が三人ばかり死んでるそうだ。それも村井宗庵の仕業に違いねえ」

「一服盛ったってわけ？」

「ま、そんなところだろうな」

「人の命を助ける医者が、金儲けのために人を殺すなんて、許せないわね」

悲憤慷慨《ひふんこうがい》する小夜に、半次郎が「仕事料です」といって、三枚の小判を空き樽の上に置いた。

「請けてもらえやすね」

「もちろんよ」

小夜は三両の金子と紙片をつまみ取って袂《たもと》にねじ入れ、

「じゃ、お先に」

とそそくさと小屋を出て行った。それをちらりと横目に見ながら、直次郎が、

「おれたちの仕事料は？」

と訊くと、半次郎は胴巻きの中から小判を十枚取り出して、

「一人五両ということで」

空き樽の上に五両ずつ置いた。

「ほう、今回はずいぶんとはずんでくれたじゃねえか」

直次郎はにんまり笑って、五両の金子をわしづかみにしてふところに納めた。万蔵も横から手を伸ばして、五両の金子をつかみ取った。

その夜、町医者・村井宗庵は日本橋本両替町《ほんりようがえ》の両替屋『播磨屋《はりま》』の寝間で、

主人・惣左衛門《そうざえもん》の診断に当たっていた。

惣左衛門は今年五十の坂を越したばかりだが、内儀《ないぎ》のおふでの話によれば、近ごろ胃ノ腑《ふ》の具合が悪く、食欲がめっきりなくなって急に痩《や》せてきたという。

「で、薬は飲んでいるのかな？」

惣左衛門の腹部を触診しながら、宗庵はかたわらで心配そうに見ている内儀のおふでに訊ねた。

「はい、越中富山《えっちゅうとやま》の置き薬を飲ませております」

「うーむ」

宗庵はしかつめらしい顔で、

「痛みはあるのかね？」

と今度は主人の惣左衛門に訊いた。

「時おり、ちくちくと痛みますが、耐えられないような痛みではございません」

「ほかに何か症状は？」

「夜になっても、なかなか寝つかれなく困《こう》じております」

惣左衛門は弱々しい声で訴えた。

「体がだるいというようなことは？」

「たまにそう感じるときがございます」

「熱はないのかね」

「いえ、熱はございません」

宗庵は触診の手を止めて、考え込んだ。

症状を聞くかぎり、単なる〝暑気《しょき》当たり〟であることは明白だった。しかし、
宗庵はまったく別のことを考えていた。この患者は金になると見たのである。

「あのう」

内儀のおふでが不安げな顔で膝を進めた。

「いかがなものでございましょうか」

「いかんな」

宗庵は険しい表情でかぶりを振った。

「ご主人の病は膈《かく》ノ病、すなわち胃ノ腑に腫《は》れ物ができる死《し》に病《やまい》だ」

「死に病……！」

おふでの顔から血の気が引いた。惣左衛門も蒼白の顔で絶句している。

「もはや、わしの手ではどうすることもできぬ。神仏に頼るしか法はあるまい」

「し、神仏と申しますと？」

惣左衛門がすがるような目で訊いた。

「天応院権大僧都・法念上人さまのご祈禱を受けることだ。これまでにも、わしの手に負えなかった死に病の患者が九人ばかり、霊験あらたかなる法念上人さまのご祈禱を受けて治癒しておる」

「そ、それはまことでございますか！」

おふでが目を輝かせて訊き返した。

「嘘は申さぬ。何ならわしのほうから天応院に話を通してやってもよいが」

「そうしていただければ助かります。お願いいたします」

額をこすりつけんばかりに頭を下げるおふでに、

「では、法念上人さまにそう申し伝えておこう」

といいおいて、宗庵は腰を上げた。


村井宗庵の家は日本橋本銀町《ほんしろがねちょう》にあった。

築地塀《ついじべい》をめぐらした五百坪の敷地に、二階建ての母屋と数寄屋造りの離れ、茶室などを配した豪壮な邸宅である。

駕籠から下りた宗庵が門をくぐろうとしたときである。

庭内の巨木の黒松の上から、ひらりと宙に身を躍《おど》らせた人影があった。

黒布の頬かぶりに黒の半纏《はんてん》、黒の股引《ももひ》きといういでたちの小夜である。

半纏の両袖を翼《つばさ》のように広げ、一直線に舞い降りてくる小夜の姿は、まるで獲物に向かって急降下する猛禽《もうきん》だった。

宗庵の背後に風のように舞い降りた小夜の手に、きらりと光るものがあった。

銀の平打ちのかんざしである。

気配に気づいて宗庵が振り返った。——まさにその瞬間、逆手に持った小夜のかんざしが宗庵の頸をつらぬいていた。

宗庵の両手がだらりと垂れ下がり、治療箱が音を立てて路上に転がった。

小夜がかんざしを引き抜くと、一瞬、宗庵は信じられぬような顔で虚空を見つめ、がっくりと膝を折って地面にへたり込んだ。

小夜は身をひるがえして走った。走りながら黒布の頬かぶりをはずし、ひらりと半纏の裏を返した。黒の半纏が一瞬にして鮮やかな韓紅《からくれない》に変わっていた。

5

闇に包まれた天応院の境内《けいだい》に、音もなく二つの影がよぎった。

仙波直次郎と万蔵である。

直次郎は黒覆面に鈍色《にびいろ》の小袖、鉄紺色の裁着袴《たつつけばかま》、腰に大刀を差している。

一方の万蔵は黒の頰かぶりに黒の筒袖・股引きといういでたちである。

二人は身をかがめて境内を走り抜け、本堂の回廊に沿って裏境内に向かった。

祈禱所の窓に明かりが揺らいでいる。

先を走っていた直次郎が植え込みの陰に飛び込み、手を振って背後の万蔵に合《あい》図《ず》を送った。それに呼応《こおう》して、万蔵は植え込みの先の大銀杏《いちょう》の木の陰に走り込んだ。

そこから祈禱所の入口までは、およそ六間（約十一メートル）の距離である。

祈禱所の戸口の明かりに、見張りの僧の姿が浮かび立っている。

見張りはその一人だけだった。

万蔵はふところから縄鏃の束を取り出し、鏃のついた革紐を、右手でぐるぐる回転させはじめた。遠心力がついたところで、その手をパッと放すと、鋭く尖った鏃が空を切って一直線に飛んで行った。

「うっ」

小さなうめき声がして、見張りの僧の体がぐらりと揺らいだ。

鏃が僧の胸板をつらぬいたのだ。

万蔵はすぐさま革紐をたぐり寄せた。鏃が手元にもどってくる。

直次郎が植え込みの陰から飛び出した。そのあとを追って万蔵も走った。

二人は祈禱所の入口に駆け寄り、分厚い杉板の戸の左右に体を張りつかせた。

直次郎は腰を落として刀の柄《つか》に手をかけた。

万蔵が板戸を叩《たた》くと、ややあって、

「どうした?」

野太い声とともに板戸が開いて、二人の僧が出てきた。

刹那《せつな》、直次郎の刀が一閃《いっせん》した。抜く手も見せぬ心抜《しんぬき》流の居合斬りである。

同時に、万蔵がもう一人の僧の胸に匕首を突き刺した。

血しぶきが飛び散り、二人の僧は悲鳴を上げて倒れ伏した。

その叫びを聞いて、祈禱所の廊下の奥から、さらに三人の僧が飛び出してきた。

「おのれ、曲者《くせもの》！」

叫んだのは、伊亮だった。三人は同時に脇差《わきざし》を抜き放った。

しゃっ！

直次郎の逆袈裟の一刀が一人の胴を薙《な》いだ。

返す刀で、万蔵に斬りかかろうとした伊亮の刀をはね上げた。

その間に、万蔵は二人目の僧の脇腹を斬り裂いていた。

「うおー」

雄叫《おたけ》びを上げて、伊亮が斬りかかってきた。拝み打ちの一刀だった。

直次郎は横に跳んで切っ先をかわした。

ぶん！

と耳元で凄《すさ》まじい刃唸《はうな》りがした。

脇差は空を切り、勢いあまって伊亮が前にのめったところへ、すかさず背後に廻り込んだ直次郎が袈裟がけに斬り下ろした。

墨染めの僧衣がはらりと裂けて、伊亮の背中に赤い筋が奔《はし》った。

音を立てて血が噴き出し、伊亮の体は朽木《くちき》のように廊下に転がった。

直次郎は血刀《ちがたな》を引っ下げたまま廊下に上がり込み、手前の部屋の板戸を開け放った。

真っ暗な無人の部屋だった。

万蔵が二番目の部屋の板戸を引き開けた。

そこは修法部屋だった。薄衣をまとった若い娘が六、七人、振り向きもせずに五体投地の修法に没頭していた。

「ここから逃げるんだ！」

直次郎の怒声《どせい》に、娘たちがきょとんとした顔で振り返った。

「おまえたちは法念に騙されてるんだぞ。さ、早く逃げろ」

娘たちの口から小さなどよめきが洩れた。

一人の娘が呪縛から解き放たれたように、何か叫びながら立ち上がった。それをきっかけに澎湃《ほうはい》と喚声がわき起こり、ほかの娘たちもいっせいに立ち上がった。

「さ、急げ！」

娘たちは雪崩《なだれ》を打って部屋を飛び出した。

直次郎と万蔵は祈禱所を出ると、渡り廊下を伝って方丈に向かった。

方丈の玄関の前にも、二人の僧が立っていた。

遠目にそれを見定めると、直次郎と万蔵は渡り廊下から中庭に下り、植え込みの陰や石灯籠《どうろう》の陰を拾いながら、徐々に方丈の玄関に接近していった。

その距離が四間（約七メートル）ほどに迫ったところで、直次郎が小声でいった。

「おれは右、おめえは左だ」

「承知」

二人は呼吸を合わせて、一気に暗がりから飛び出した。

二人の僧が気づいたときには、もう直次郎と万蔵は眼前に迫っていた。

「わっ」

と叫んで一人がのけぞった。

直次郎の抜きつけの一刀が、その僧の咽喉《のど》を切り裂いたのだ。

万蔵がもう一人の僧に体ごとぶつかっていった。グサッと肉をつらぬく鈍い音がして、諸手《もろて》にぎりの匕首が、深々と僧の鳩尾《みぞおち》に突き刺さった。

二人の僧は体を交差させるように崩れ落ちて行った。

「おめえは庭に廻ってくれ」

万蔵にいおいて、直次郎は方丈の玄関に足を踏み入れた。

廊下の奥の襖の隙間から、かすかな明かりが洩れている。

直次郎は足音を消して、その部屋の前に歩《ほ》を進めた。

中から声高な話し声や笑い声が聞こえてくる。

襖《ふすま》の隙間からのぞき込むと、酒肴《しゆこう》の膳部を囲んで法念、笹木弥九郎、安藤主膳、『三浦屋』吾兵衛の四人が、賑やかに談笑しながら酒を酌み交わしていた。

直次郎の指が襖の引手にかかった。右手は刀の柄をにぎっている。

がらり。

襖を開け放った。四人がギョッとなって振り返った。

「ろ、狼藉者《ろうぜき》！」

叫ぶなり、笹木弥九郎が刀をつかみ取って立ち上がったが、一瞬速く、直次郎は滑るように部屋の中に走り込み、笹木の手元をねらって瞬息の一撃を送りつけた。

「うわっ」

切断された笹木の両手首が、刀をにぎったまま血を噴いて畳の上に転がった。

「貴様！」

左横から安藤主膳が斬りかかってきた。とっさに体を開いて安藤の刀刃《とうじん》をかわすと、直次郎は腰を低く沈め、そのままの姿勢で横薙《よこな》ぎに刀を払った。

「げえっ」

奇声を発して、安藤は畳の上に横転した。腹がざっくり割れて内臓が飛び出している。

おろおろと逃げまどっていた法念と吾兵衛が、庭に逃《のが》れようと障子を引き開けた瞬間、

「あっ」

と息を呑んで立ちすくんだ。広縁《ひろえん》に匕首を構えた万蔵が立っていた。

「た、頼む。命だけは助けてくれ」

必死に命乞いをしながら、吾兵衛はあとずさった。

万蔵が匕首を逆手に持ち替えて跳躍した。むささびのように身軽で敏捷《びんしょう》な動きである。

「ぎゃっ」

断末魔の叫びを上げて、吾兵衛は仰向けに転がった。その首から凄まじい勢いで血が噴き出している。全身が激しく痙攣《けいれん》し、すぐに息絶えた。

それを見て、法念がわめいた。

「か、金が欲しいのか！」

直次郎は無言。黒覆面の下の目だけがぎらぎらと光っている。

「五十両で手を打たぬか。いや、百両でどうだ」

直次郎がじりっと間合いを詰める。

「二百両！」

ゆっくり刀を振り上げた。

「ご、五百両！」

その瞬間、上段に構えた直次郎の刀が、刃唸りを上げて叩き下ろされた。

ガツッと音がして法念の頭が砕け、鮮血とともに白い脳漿《のうしょう》が飛び散った。

刀の血ぶりをして鞘《さや》に納めると、直次郎は酒席の左右に置かれた燭台を蹴倒し、

「行くぜ」

と万蔵をうながして、広縁から庭に飛び下りた。

倒れた燭台の火が畳の上を走って襖に燃え移り、火柱となって天井に噴き上がった。

境内に走り出たところで、直次郎は足を止めて背後を振り返った。

方丈を飲み込んだ紅蓮《ぐれん》の炎が本堂に燃え移り、漆黒の闇に無数の火の粉《こ》が舞っている。

熱風が逆巻き、夜空を焦がさんばかりに火の粉が舞い散っている。

「旦那、こいつは見ものですぜ」

いいながら、万蔵は頬かぶりをはずして、噴き上がる炎を振り仰いだ。

直次郎も覆面を脱いで見上げた。

燃え盛る炎が二人の顔を赤々と照らし出している。


七月も終わろうとしていた。

月が変われば、暦の上ではもう秋なのだが、照りつける陽差しは一向に衰える気配はなく、この日もうだるような暑さだった。

そんな日盛りの中、古参同心から使いを頼まれて町に出た仙波直次郎は、日本橋南詰の雑踏の中で、台箱を背負った小夜とばったり出食《でく》わした。

「よう、仕事に行くのか？」

「たったいま終わったところ」

「そうか。じゃ、そのへんで茶でも飲むか」

「旦那は暇なの？」

「おれはいつだって暇だ」

「ね、ね、面白い話があるんだけど」

小夜がいたずらっぽく微笑《わら》った。

「どんな話だ？」

「万蔵さんにいい人ができたみたい」

「女？」

「それも、きれいな人なのよ」

「おめえ、見たのか？　その女を」

「両国広小路で二人が仲よさそうに歩いてるところをね」

「何者なんだ？　その女ってのは」

「さあ」

「呑み屋の女じゃねえのか」

「そんな感じじゃなかったわ。これはあたしの勘なんだけど――」

小夜の目は好奇心でらんらんと輝いている。

「万蔵さん、その人と一緒に暮らしてるみたい」

「何だって！」

直次郎は仰天した。

「本当か、それは」

「本当かどうか、様子を見に行こうと思ってたところなの」

そういうと小夜は、直次郎の先に立って足早に歩き出した。

「こいつはただごとじゃねえな」

ぼそりとつぶやきながら、直次郎は小夜のあとについた。

小半刻後に、二人は南本所番場町の万蔵の店の前に立っていた。

「戸が閉まってるわ」

「留守じゃねえのか」

「裏に廻ってみようか」

二人は路地を抜けて、万蔵の家の裏の空き地に足を向けた。

「いたわ」

先を行く小夜がふいに足を止めて、直次郎を藪陰にうながした。

「どれ、どれ」

藪の陰からぬっと顔を突き出して、直次郎は前方の空き地に目をやった。

三十なかばとおぼしき色の白い華奢《きやしや》な体つきの女が、空き地の物干し場で洗濯物を干している。おひろだった。井戸端では、万蔵がせっせと古着を洗っている。

「おひろさん」

万蔵が腰を上げて、おひろに声をかけた。

「一服つけようじゃねえか」

「そうですね」

と、おひろはにっこり笑い、万蔵と仲むつまじげに家の中に入って行った。

その様子を藪陰で見ていた直次郎が、

「信じられねえ」

ぼそりとつぶやき、狐につままれたような顔で小夜を見返った。

「隅《すみ》に置けないわねえ、万蔵さんも」

小夜も呆気にとられている。

「まさか、あの二人一緒になるつもりじゃねえだろうな」

「さあ、どうかしら」

「それにしても――」

直次郎は手の甲で目をごしごしこすりながら、また同じ言葉を吐いた。

「信じられねえ」

注・本作品は、平成十八年三月、小社から文庫判で刊行された、
『娘供養　必殺闇同心』の新装版です。

必殺闇同心　娘供養

一〇〇字書評

切り取り線

購買動機（新聞、雑誌名を記入するか、あるいは○をつけてください）

□（　　　　　　　　　　　　　）の広告を見て
□（　　　　　　　　　　　　　）の書評を見て
□ 知人のすすめで　　　　□ タイトルに惹かれて
□ カバーが良かったから　□ 内容が面白そうだから
□ 好きな作家だから　　　□ 好きな分野の本だから

・最近、最も感銘を受けた作品名をお書き下さい

・あなたのお好きな作家名をお書き下さい

・その他、ご要望がありましたらお書き下さい

住所	〒				
氏名		職業		年齢	
Eメール	※携帯には配信できません	新刊情報等のメール配信を 希望する・しない			

この本の感想を、編集部までお寄せいただけたらありがたく存じます。今後の企画の参考にさせていただきます。Eメールでも結構です。

いただいた「一〇〇字書評」は、新聞・雑誌等に紹介させていただくことがあります。その場合はお礼として特製図書カードを差し上げます。

前ページの原稿用紙に書評をお書きの上、切り取り、左記までお送り下さい。宛先の住所は不要です。

なお、ご記入いただいたお名前、ご住所等は、書評紹介の事前了解、謝礼のお届けのためだけに利用し、そのほかの目的のために利用することはありません。

〒一〇一－八七〇一
祥伝社文庫編集長　坂口芳和
電話　〇三（三二六五）二〇八〇

祥伝社ホームページの「ブックレビュー」からも、書き込めます。
www.shodensha.co.jp/bookreview

祥伝社文庫

必殺闇同心《ひっさつやみどうしん》　娘供養《むすめくよう》　新装版《しんそうばん》

令和 2 年10月20日　初版第 1 刷発行

著　者　黒崎裕一郎《くろさきゆういちろう》
発行者　辻　浩明
発行所　祥伝社《しょうでんしゃ》
東京都千代田区神田神保町 3-3
〒 101-8701
電話　03（3265）2081（販売部）
電話　03（3265）2080（編集部）
電話　03（3265）3622（業務部）
www.shodensha.co.jp
印刷所　堀内印刷
製本所　ナショナル製本
カバーフォーマットデザイン　中原達治

Printed in Japan ©2019, Yūichirō Kurosaki ISBN978-4-396-34682-9 C0193

祥伝社文庫の好評既刊

黒崎裕一郎
必殺闇同心《ひっさつやみどうしん》 新装版
悪党を成敗するのに表も裏もねえ！ 昼間は盆暗《ぼんくら》な内勤同心・仙波直次郎が〝闇の殺し人〟となり、腐った悪を叩き斬る。

黒崎裕一郎
必殺闇同心 人身御供《ひとみごくう》 新装版
色狂い、刀狂い、銭狂い。狡猾な企みが生み出した〈人身御供〉の悲劇を、直次郎の心抜流《しんぬき》居合は救えるか？

黒崎裕一郎
必殺闇同心 夜盗斬り 新装版
直次郎の弱みを握り、殺しを依頼する美女の正体は何者か？ 五年前の大事故から繋がる黒い糸を、直次郎の剣が両断す！

黒崎裕一郎
必殺闇同心 隠密狩り 新装版
江戸に蔓延《はびこ》る阿片の闇を根絶やしにせんと誓う直次郎。辿り着いたのは、妻の命の恩人――？ 黒幕の陰謀とは。

黒崎裕一郎
必殺闇同心 四匹の殺し屋 新装版
特異な業《わざ》で殺しを請け負う〝殺し屋〟を始末せよ！ 〈殺し人〉の本家・直次郎、怒りの心抜流居合が鞘走《さやばし》る！

黒崎裕一郎
公事宿《くじやど》始末人 千坂唐十郎《ちさかとうじゅうろう》
〈奉行所に見放され、悲惨な末路を辿った人々の恨みを晴らしてほしい〉――千坂唐十郎は悪の始末を託された。

祥伝社文庫の好評既刊

黒崎裕一郎　**公事宿始末人　破邪《はじゃ》の剣**

濡れ衣を着せ、賄賂をたかり、女囚を売る――奉行所で蔓延《はびこ》る裏稼業。裁かれぬ悪に唐十郎の怒りの刃《やいば》が唸る！

黒崎裕一郎　**公事宿始末人　叛徒《はんと》狩り**

将軍・吉宗の暗殺のため、市中に配された大量の爆薬……。唐十郎の剣は、無辜《むこ》の民を救えるか⁉

黒崎裕一郎　**公事宿始末人　斬奸無情《ざんかんむじょう》**

同心と岡っ引殺しの背後に隠された、阿片密売と横領が絡む大垣藩の不正とは……。唐十郎、白刃煌めく敵陣へ！

辻堂　魁　**風の市兵衛**

さすらいの渡り用人、唐木市兵衛《からきいちべえ》。心中事件に隠されていた奸計《かんけい》とは？〝風の剣〟を振るう市兵衛に瞠目！

辻堂　魁　**雷神**　風の市兵衛②

豪商と名門大名の陰謀で、窮地に陥った内藤新宿の老舗。そこに〝算盤《そろばん》侍〟の唐木市兵衛が現われた。

辻堂　魁　**帰り船**　風の市兵衛③

舞台は日本橋小網町《こあみ》の醤油問屋「広国《ひろくに》屋」。市兵衛は、店の番頭の背後にいる、古河《こが》藩の存在を摑むが――。

祥伝社文庫の好評既刊

小杉健治
札差殺し
風烈廻り与力《よりき》・青柳剣一郎《あおやぎけんいちろう》①

旗本の子女が自死する事件が続くなか、富商が殺された。頬に走る刀傷が疼《うず》くとき、剣一郎の剣が冴える！

小杉健治
火盗《かとう》殺し
風烈廻り与力・青柳剣一郎②

江戸の町が業火に。火付け強盗を利用するさらなる悪党、利用される薄幸の人々のため、怒りの剣が吼える！

小杉健治
八丁堀殺し
風烈廻り与力・青柳剣一郎③

闇に悲鳴が轟《とどろ》く。剣一郎が駆けつけると、斬殺された同僚が。八丁堀を震撼させる与力殺しの幕開け……。

長谷川　卓
風刃《ふうじん》の舞《まい》
北町奉行所捕物控①

無辜の町人を射殺した悪党、商家を皆殺しにする凶悪な押込み……。臨時廻り同心・鷲津軍兵衛が追い詰める！

長谷川　卓
黒太刀《くろだち》
北町奉行所捕物控②

斬らねばならぬか――。人の恨みを晴らす義の殺人剣・黒太刀。探索に動き出した軍兵衛に次々と刺客が迫る。

長谷川　卓
空舟《うつろぶね》
北町奉行所捕物控③

鷲津軍兵衛に、凄絶《せいぜつ》な突きが迫る！正体不明の《絵師》を追う最中《さなか》、立ちはだかる敵の秘剣とは!?

祥伝社文庫の好評既刊

長谷川　卓
毒虫《どくむし》　北町奉行所捕物控④
地を這《は》うような探索で一家皆殺しの凶賊を追い詰める軍兵衛ら。そんな折、かつての兄弟子の姿を見かけ……。

長谷川　卓
雨燕《あまつばめ》　北町奉行所捕物控⑤
己をも欺《あざむ》き続け、危うい断崖《だんがい》に生きる女の儚《はかな》き純な恋。互いの素性《すじょう》を知らず惹《ひ》かれ合う男女に、凶賊の影が！

長谷川　卓
寒《かん》の辻　北町奉行所捕物控⑥
浪人にしつこく絡んだ若侍らは、人違いから別人を殺《あや》めてしまう――管轄違いの一件に軍兵衛は正義を為《な》せるか？

長谷川　卓
明屋敷番始末《あけやしきばんしまつ》　北町奉行所捕物控⑦
不遇を託《かこ》つ伊賀者《いがもの》たちは憤怒した――「腑《ふ》抜けた武士どもに鉄槌《てっつい》を！」鍛え抜かれた忍の技が、鷲津軍兵衛を襲う。

長谷川　卓
野伏間の治助《のぶすまのじすけ》　北町奉行所捕物控⑧
野伏間の千社札を残し、大金を盗む賊を炙り出せ。八方破れの同心鷲津軍兵衛が、偏屈な伊賀者と手を組んだ！

宮本昌孝
武者始め
早雲・信長・秀吉・家康・幸村・信玄・謙信――戦国七武将の〝初陣《ういじん》〟を鮮やかに描いた傑作短編集！

〈祥伝社文庫　今月の新刊〉

五十嵐貴久　波濤《はとう》の城
沈没寸前の豪華客船、諦めない女消防士の救出劇。

原田ひ香　ランチ酒
料理と酒に癒される、珠玉の人間ドラマ×絶品グルメ。

青柳碧人　天使のアイディア
少女の仕掛ける驚天動地のトリックが捜査を阻む！

福田和代　いつか夜は明けても　S&S探偵事務所
最強IT探偵バディが人口激減を企むハッカーに挑む。

草凪　優　人殺しの血
「父親の罪が俺を怪物にした」男と女の逃避行はじまる。

近藤史恵　Shelter　新装版
体の声を聞き、心のコリをほぐす整体師探偵シリーズ第三弾。

笹沢左保　霧に溶ける
完全犯罪の企みと女の狂気、予測不能のミステリー。

鳥羽　亮　剣鬼攻防　介錯人・父子斬日譚
父を殺され、跡を継いだ若き剣士が多勢の賊を討つ！

あさのあつこ　人を乞《こ》う
父の死後、兄弟が選んだ道とは。感動のシリーズ完結編。

黒崎裕一郎　必殺闇同心　娘供養　新装版
〈闇の殺し人〉直次郎が消えた娘たちの無念を晴らす。

今村翔吾　襲大鳳《かさねおおとり》（下）　羽州ぼろ鳶《とび》組
尾張藩邸を猛火が襲う。現れた伝説の火消の目的は？

今月下旬刊　予定

夏見正隆　TACネームアリス　地の果てから来た怪物（上）
日本海に不審な貨物機が。F15Jが確認に向かうが…。

夏見正隆　TACネームアリス　地の果てから来た怪物（下）
国籍不明のF15が空自機を撃墜！　その狙いと正体とは！

小杉健治　白菊の声　風烈廻り与力・青柳剣一郎
悪人の見る悪夢の正体は？　剣一郎が冤罪に立ち向かう。

野口　卓　承継のとき　新・軍鶏侍
元服した源太夫の息子は、剣を通じて真の友を見出す。